모노드라마 쇼

# 명 동

(부제 : 뱃놈)

최청 작

그글

## 작가의 말

6, 70년대 명동은 우리나라 서울에서도 제일 화려했던 쇼핑가 1번지로 멋쟁이들이 모여들었던 곳이다.

또한, 문인, 화가, 음악가, 연극배우, 영화배우 등이 자주 찾아 예술을 꽃피우기도 했던 우리나라 문화의 산실이라고 해도 과언이 아니다.

그 시절만 해도 우리 모두는 가난의 굴레 속에서 정부에서는 잘 살아보세 라는 슬로건을 내걸고 경제박차를 가한 끝에 현재 우리나라는 OECD 10위권 반열에 올라섰을 만큼 경제가 발전했다.

그러나 오늘날의 명동은 문화는 사라지고 황금만능주의에 빠져 있다.

이 작품 명동 모노드라마 쇼는 6,70년대를 배경으로 벌어지는 얘기를 화가, 음악가, 시인을 접목시켜 함께 공연하면서 명동에서 사라진 문화의 꽃을 피어보자는 취지로 주제를 살려 작품을 구성했다.

연출노트

연기플랜

모노드라마 쇼

– 등장 인물 –

배선원 (70세. 40년 만에 고국을 찾아온 노인)
장사장 (79세. 동서화랑 주인)
화가 (추상화가. 무대에서 추상화를 그린다)
가수 (오페라 가수. 무대에서 노래를 부른다)
통기타 가수 (통기타를 연주하며 노래를 부른다)
시인 (시를 낭독한다)
발레리나 (정아의 혼령인양 배선원의 뒤에서 춤춘다)

– 무대 –

무대 뒤 스크린이 있다.
이 스크린은 동영상 또는 미술계의 세계적 거장들, 반 고흐, 세잔느, 마티스, 피카소 등의 추상화 그림들이 공연 중간 중간에 주제 음악과 함께 비추어진다.
또한 월전 장우성 화가를 비롯해서 박수근, 천경자, 이중섭, 김환기 등의 우리나라 거장들의 그림들도 비추어

연출노트

---

연기플랜

진다.
5, 60년대 서울의 모습이 담긴 기록영상이나 사진 컷이 비추어지기도 한다.

연극 중간에 추상화가가 등장해서 추상화 그림을 그리기도 하고, 시인이 등장해서 시 낭독도 하고, 오페라 가수가 등장해서 노래를 부르기도 한다.

무대 왼쪽에 탁자와 의자가 놓여있고 탁자 위에는 재떨이도 놓여있다.
무대가 어두워진다.

잠시 후
음악이 흐르면서 조명 밝아진다.

무대 한가운데 화가가 등을 돌리고 서서
커다란 캔버스에 한쪽 손에는 페인트 통을 들고 있고, 또 한쪽 손에는 붓을 들고 추상화를 그리고 있다.
화가는 캔버스 왼쪽에 붓으로 여러 가지 색을 칠해 미음 'ㅁ' 자를 그린다. 미음 자가 완성되자 '미음' 자 아래 동

연출노트

연기플랜

그라미를 그려놓는다.

화가는 이번에는 캔버스 오른쪽 위에 왼 쪽과 똑같이 '미음' 자를 그리고 아래에도 동그라미를 그려놓는다.

나머지를 다 그리고 나서 오른쪽 '몽' 자에 '미음' 자 부분 '정사각형' 오른쪽에 작대기 하나를 지워버리자 그림에 '명동' 이라는 글자가 나타난다.

조명 어두워진다.

스크린에 동영상이 상영된다.

씬 1.

밖에서 본 명동 지하철역.

씬 2.

지하철역 내.

개찰구를 통과해서 나오는 사람들, 전철을 타기 위해 개찰구를 통과하는 사람들로 인해 지하철 역내가 붐빈다.

한국 서울을 방문한 외국 여행객들도 지하철을 이용해 명

연출노트

---

연기플랜

동을 찾아 여행가방을 들고 오고가는 모습들이 보인다.
그 사람들 속에 페루의 전통의상을 걸친 70대의 남자.
가방을 어깨에 둘러메고 막 개찰구를 빠져 나온다.
장시간 여행 끝에 피곤한 모습이 역역하다.
남자는 페루의 만도와 같은 전통의상을 걸치고 주머니 속에서 안내 약도가 그려져 있는 에이 포 용지를 끄집어내서 자세히 살펴본다. 밖으로 나갈 출구 번호를 찾는다.

카메라가 에이 포 용지 클로즈 업.
에이 포 용지 전면.
자세한 약도와 함께 출구번호 7번 등 주소가 쓰여 있다.

남자가 에이 포 용지를 주머니 속에 넣고 움직이자 카메라가 뒤에서 남자를 따라간다.
남자는 약도와 출구 번호를 확인하고 명동역 내 화려한 지하 쇼룸 상가를 지나 7번 출구를 찾아간다.

씬 3.
명동역 7번 출구 앞.
에스컬레이터를 타고 올라오는 사람들 속에 페루의 전통

연출노트

연기플랜

의상을 입은 70대 남자가 보인다.

씬 4.

지하철역 7번 출구를 빠져나온 70대 남자가 감회에 젖어 두리번거리며 퇴계로 길을 바라본다.
지나가던 행인들이 남미 페루의 특이한 의상을 걸친 70대 노인을 호기심 어린 눈으로 바라보며 지나간다.
카메라가 남자의 시선을 따라 퇴계로 시가지를 따라간다.
퇴계로의 고층빌딩과 질주해가는 차량들.
70대 남자, 손에 들고 있는 에이 포 용지에 적어놓은 약도를 따라 명동 쪽으로 발길을 옮긴다.

화려한 명동거리.
남자가 네거리에 서서 명동거리를 두리번거리며 여기저기를 살펴본다.
남자는 장시간 여행으로 지쳐 보인다.
피곤해 보이지만 명동거리를 바라보는 표정이 그 동안 발전된 모습에 놀라기도 하고, 또 한편 추억에 젖기도 한다.
20대 초반 젊은 나이에 고향 서울을 떠나 47년 만에 찾아온 70대의 남자. 눈가에 주름이 가득하고 페루의 전통무

연출노트

연기플랜

늬가 있는 모자 속에서 나온 하얗게 쉰 머리카락은 귀를 덮고 있다.
70대 남자는 좌우를 살펴보더니 오른쪽 길로 발걸음을 옮긴다.
남자를 따라가는 카메라도 터벅 터벅 걸어가는 70대 노인의 발걸음에 따라 움직인다.

좌측 빌딩건물에 '동서화랑' 이란 간판이 눈에 들어온다.

카메라 '동서화랑' 간판에 클로즈 업.

씬 5.

'동서화랑' 입구에 2, 3층으로 올라가는 좁은 계단이 보인다.
남자는 '동서화랑' 을 확인하고는
왔던 길을 되돌아서 발길을 옮긴다.

남자의 뒤를 따라가는 카메라.
명동 국립극장 방향으로 가는 남자.
외국 관광객이 분비는 가운데 즐비하게 늘어선 화장품 쇼

연출노트

연기플랜

윈도, 옷가게, 신발가게 등 화려하게 치장한 쇼룸을 지나가는 남자.
명동거리 한 폭판 길거리에는 상인들이 명동거리를 점령하다시피 하고 좌판에 여러 가지 상품을 깔아놓고 팔고 있다.
좌판에는 음식을 파는 곳도 있다.
그곳을 지나가는 70대 남자(배선원).

씬 6.

명동 국립극장 앞에서 여기저기를 둘러보는 70대 배선원.
음식을 팔고 있는 길거리 나이 먹은 상인에게 무언가를 물어본다.
상인은 배선원의 말을 듣더니 명동 성당 쪽을 손으로 가리킨다.

씬 7.

명동 성당 쪽 방향으로 발걸음을 옮기는 70대 배선원.

씬 8.

연출노트

연기플랜

중앙극장 앞에서 영화간판을 올려다보는 70대 남자.

씬 9.

'동서화랑' 간판.

70대 남자 '동서화랑' 안으로 들어가기 위해 계단을 올라간다.

한 계단 두 계단 올라오는 배선원.

드디어 2층까지 올라와 '동서화랑' 문 앞에 서서 문고리를 잡는다.

문고리 잡은 손 클로즈 업.

문고리를 잡은 손이 문을 연다.

'동서화랑' 안으로 들어가는 배선원.

스크린에 영상이 끝나고

'동서화랑' 입구 문 쪽에 조명 밝아진다.

'동서화랑' 실내로 문을 열고 들어온 배선원.

무대 앞쪽을 향해 터벅 터벅 걸어간다.

무대조명 밝아진다.

무대에 올라 선 배선원.

연출노트

연기플랜

피곤한 듯 테이블로 가서 털석 주저앉는다.

여종업원이 물이 담겨있는 컵을 테이블에 놓고 주문을 받는다.

배선원 : (종업을 쳐다보며) 진한 커피.

여종업원 : 아메리카 커피로 진하게 타 드리겠습니다.

배선원 : (미소 지으며) 좋아요. 오케이

잠시 후

여종원이 커피를 테이블에 갔다 놓는다.

배선원 : 담배 피워도 되나?

여종업원 : 네. 이 자리에서는 담배를 피우셔도 됩니다.

여종업원 카운터로 돌아가자

배선원 주머니에서 담배와 지프 라이터를 꺼내 담배에 불을 붙이고 담배 연기를 가슴깊이 흡입한다.

천정을 향해 한숨처럼 연기를 '푸' 하고 뱉어낸다.

커피를 한 모금 마시고.

연출노트

연기플랜

배선원 : 장시간 비행기를 타고 와서 그런가, 피곤하군. 47년만이야….
그동안 많이 변했어! 모든 것이 달라졌어!
낯 설어! 이렇게 달라질 줄이야…?
(커피를 한 모금 마시고)
우리나라가 많이 발전했다는 소식은 들었지만 직접 돌아와서 보니 놀라울 정도로 발전했군! 어디가 어딘지 도무지 알 수가 없네.
옛 모습이 아니야. 옛 모습은 모두 사라 졌어!
외국관광객이 명동거리를 점령하다시피 들끓어 정신이 하나도 없군….
그리고 명동거리 한 복판에 음식을 파는 포장마차가 즐비하고, 대단해! 이러니 외국관광객이 명동에 뿌려놓고 가는 외화가 도대체 얼마나 되는 거야…?

배선원 객석 앞으로 걸어 나오며.

배선원 : 명동에 도착해서 내가 고국에 있었을 적에 술을 팔았던 '은성' 이라는 대포 집을 찾아갔었는데, 오래 전에 중앙극장 옆으로 이전했다가 문을 닫고 없어졌다고 하드군

연출노트

연기플랜

요….

'은성' 은 가난했던 문인, 화가, 음악작곡가 등 많은 예술인들은 푼돈 몇 푼으로 막걸리에 안주는 두부김치나 깍두기로 허기진 배를 채울 수 있었던 술집이었었는데….

세월이 무상합니다. 그 술집이 없어지다니….

싸구려 술집 '은성' 은 문인, 화가 등 예술인들이 동료들을 만나기 위해 그 술집을 찾아가면 꼭 한 명은 와 있었지요. 누군가 친구를 기다리고 있었다는 듯이….

막걸리나 소주로 목을 축이면서 우정을 다지고 또 토론을 하고. 때로는 말씨름을 벌리기도 하고, 아무튼 낭만이 넘치는 술집이었어…! 그 술집이 없어지다니….

술을 먹다가 술값이 부족하면 한 친구가 외상장부에 술값을 달아놓고 몇 달 후에 외상값을 갚아 줘도 주인아주머니는 한 번도 싫은 기색 안 보이고 찾아만 가면 늘 반겼지요!

외상장부가 10권도 넘어 외상 값 갚으려면 10권도 넘은 외상장부를 손님에게 건네 줘서 찾아보라고 하고는 주인아줌마는 안주 만드느라 늘 정신없었답니다.

아무튼 '은성' 은 시설은 엉성했지만 낭만이 넘치는 술집이었습니다!

연출노트

---

연기플랜

취기가 올라 명동 거리에 나오면 시인이 '은성' 에서 읊조렸던 시 한 편이 명동의 하늘을 맴돌며 울려 퍼지나가는 듯 했고 시인의 원고지가 명동을 도배해 놓은 듯 친구와 함께 시를 낭독하며 걸어갔지요.

무대조명 어두워진다.

잠시 후
시인이 원고지를 들고 객석 뒤에서 시를 낭독하며 무대로 걸어 나온다.

시인에게 스포트 라이트.

시인 : 제목 '붉은 점박이 눈 파리'

허공 1.
파리 한 마리 날아들었다.

허공 2.
파리 한 마리 날아들었다.

연출노트

연기플랜

햇볕이 창문을 뚫고 들어와
환한 방바닥
그 방바닥에 날개를 접고 앉아
두 손을 비빈다.
파리가 계속 두 손을 비빈다.

허공 3.
환한 대낮에 파리 한 마리 날아들었다.
고요함 속에 시간은 멈추고
파리는 날개를 접고 소리도 없이 앉아
양 손을 비빈다.
놈을 돋보기로 관찰해 보니
눈 밑에 붉은 점막이 보인다.
어제 정오에 날아들었던 놈이 분명하다.

허공 4.
붉은 점박이 눈 파리가 날아들었다.
그놈이 틀림없다.
어제도 날아들었고
그제도 날아들었다.

연출노트

연기플랜

돋보기로 확인해 보니 그놈이 틀림없다.
시간이 멈춘 자리 나래를 접고 앉아
양손을 열심히 비비고 있다.
언제가 저놈이 나를 공격해 올 것이다.
나는 그것을 직감했다.

내가 움직이자 놈이 재빠르게 허공을 향해 치솟으며 날은다.
날개 짓이 선풍기 돌아가듯 빠르다.

허공 5.
시간이 멈춘 자리
파리 한 마리 날아들었다.
사무실 창문을 통해 날아들었다.
놈은 어느 틈엔가 책상 모서리에
날개를 접고 죽은 듯 앉아있다.
가만히 살펴보니 그놈이 틀림없다.

붉은 점박이 눈 파리.

연출노트

연기플랜

아침에 허공을 치솟으며 선풍기 돌아가듯
날개 짓하던 놈이 분명하다.
어떻게 이곳까지 쫓아왔을까…?
집에서 이곳까지는 40km가 넘는 거린데
어떻게 이곳까지 쫓아왔을까…?
놈은 분명!
내가 이곳에서 근무하고 있는 것을 알고 있는 것이다.

허공 6.
일요일 정오.

시간이 멈춘 자리
천정에 그놈이 붙어 있다.
틀림없이 붉은 점박이 눈 파리가 분명하다.
천정에 붙어 나를 노려보고 있다.
분명히 나를 노려보고 있다.
어찌 알았을까…?
일요일 정오 집에 있다는 것을….

일요일은 쉬는 날

연출노트

연기플랜

나의 평상시 행동반경은 북적되는 강남에서
역시 북적되는 강북으로
강북에서 또 역시 북적되는 경기도로
또 역시 북적되는 경기도에서 또 역시 북적되는 서울로
중구로 종로로…
기차화통에서 뿜어져 나오는 공기 속을 헤집고
숨 쉴 틈 없이 돌아간다.

오늘은 일요일
일요일은 쉬는 날
집에서 푹욱 쉬는 날!

천정에 달라붙어 나를 노려보고 있는
붉은 점박이 눈 파리!

그런데
어찌 알았을까?
붉은 점박이 눈 파리
이놈이 어찌 알았을까…?
집에서 쉬고 있다는 것을….

연출노트

연기플랜

놈은 틀림없이 나에게 유감이 있는 게
분명하다.
틀림없이 유감이 있다.

허공 7.
붉은 점박이 눈 파리
놈이 나를 노리는 이유는 뭘까…?

나는 놈이 나를 노리는 이유보다는
놈이 가지고 있을 무기를
우선 생각해 본다.

틀림없이 병원균일 게다.
틀림없다.
병원균이다.
놈이, 붉은 점박이 파리란 놈이 가지고 있는 무기가
병원균이 틀림없다.

놈이 가지고 있는 병원균은
동물들의 배설물이나 분비물 속에 들어있는

연출노트

연기플랜

혹은 동물의 사체를 뜯어먹은
온갖 쓰레기통에서 생산한
갖가지 병원균일 게다.

붉은 점박이 눈 파리
이 순간 놈은
시간이 멈춘 자리로 돌아와
선풍기 돌아가듯 현란하게 날던 날개를 접고
조용히
나를 향해 고개를 들고 앉아
양손을 비비며 나를 노려보고 있다.

장티푸스, 파라티푸스, 세균성이질, 콜레라
아메바성 이질, 살모넬라균….

허공 8.
시간이 멈춘 자리
붉은 점박이 눈 파리가 강원도 깊은 계곡
이곳까지 쫓아왔다.

연출노트

연기플랜

2002년 9월 1일
천지가 갈라져 찢어진 태백산 자락

괌섬 동북쪽 약 1,800km 부근 해상에서
최초로 발생한 태풍 '루사'가
고산 최대 풍속 56,7m/s로 한반도를 강타하며
이곳까지 쳐들어와 할퀴고 간 자리.

태풍 폭우로 사망 213명
실종 33명, 이재민 9만 명, 재산 피해 5조4천6백억

낭떠러지 경사 개미군상처럼 달라붙어

돌망태를 쌓아 산 수로를 만드는
산림복구공사가 한창인데.

놈은 돌망태 뒤에 숨어 나를 노려보고 있다.
붉은 점박이 눈 파리.

태백산자락 풀 한 포기없는 산림복구 현장

연출노트

연기플랜

숲 속의 피톤치드 대신
진폐증을 일으키는 검은 먼지가
안개 속같이 흐르고

돌망태 뒤에 숨어
나를 노려보고 있는
붉은 점박이 눈 파리를 경계하며
쓰디쓴 담배에 불을 붙인다.

속이 검게 타 들어가도
끊고 싶어도 끊을 수 없는 독한 담배
담배로 폐암에 걸린 친구를 생각하며
그래도 끊지 못하는 담배를
시커멓게 타 들어간 폐 속 깊이 흡입한다.

높은 돌망태 뒤에 숨어 쉴 새 없이 양손을 비벼대며
나를 노려보고 있는 붉은 점박이 눈 파리

나는 피곤에 지친 육신을
곧 쓰러질 것 같은 육신을

연출노트

연기플랜

겨우겨우 지탱하며
놈을, 놈을 경계하고 서 있다.

허공 9.
붉은 점박이 눈 파리
시간이 멈춘 자리
조용히 기척도 없이 앉아

놈은 나와 일정한 거리를 유지하며
나를, 나를 주도면밀히
관찰하고 있다.

놈도
놈도 틀림없이
한 치의 흐트러짐 없이
어떤 유혹에도 굴하지 않고
나와 팽팽히 맞서 힘을 겨루려는 것을
나는 이제야 알았다.

놈은 틀림없이

연출노트

연기플랜

놈이 가지고 있는 것이 있다.
놈이, 붉은 점박이 눈 파리란 놈이
집 파리와 다른 점은

식탁 위 음식물에,
땀 냄새 풍기는 사람의 신체부위에
귀찮게 달라붙는 집 파리와 차별되고 있는 것은
나와 일정한 거리를 유지하며
팽팽히 맞서는 것은

놈은 틀림없이
격을 갖춘 자존심을 갖고 있음이 분명하다.

놈은 자존심을 갖고 있다.

허공 10.
............
○○○○○○

시인, 잠시 침묵한다.

연출노트

연기플랜

시인이 원고지를 뒤적이며 무언가를 찾는 듯
그냥 빈 원고지를 바닥에 던져버린다.

시인 : 허공 10은 없군!

시인이 시를 이어서 낭독한다.

허공 11.
나는
붉은 점박이 눈 파리란 놈이
10번째 기록물
허공 10을
결정적 비밀을 폭로할 극비문서.

놈의 정체를 만인에게 알리려는
매우 중요한 운명적 제보를 사전에 감지하고
해킹으로 모두 지워버린 것을 뒤늦게 알고
황당했지만
이어서 소스라치게 놀라 충격을 받았다.

연출노트

연기플랜

날아간 기록물 허공 10이
놈에 대한 결정적 정보가 들어가 있는
허공 10이
그것을 증명하고 있다.

무엇 때문일까…?

놈은
일류의 탄생과 더불어
3억5천만 년을 이 지구상에서
멸하지 않고 억척스럽게 살아왔다.

놈은
놈에게는
인간은 천적이다.

허공 0.
안으로 들어갈 수도 없고
밖으로 나갈 수도 없는
한얀 벽 막혀버린 방

연출노트

연기플랜

시간이 멈춘 자리.
그 방 한가운데
마주앉을 수 있는 의자 두 개와 탁자 하나
나는 붉은 점박이 눈 파리와 마주앉아 있다.

놈은, 붉은 점박이 눈 파리란 놈은
곳곳한 자세로 한 치의 흔들림도 없이
나를 조용히 노려보고 있다.

너는 무엇이냐?
내가 묻는다.
너는 무엇이냐?
놈도 똑같이 나에게 묻는다.

너는 무엇이냐?
내가 다시 놈에게 묻는다.
놈도 똑같이 너는 무엇이냐? 하고 묻는다.

잠시 후
나는 사람이다, 라고 대답한다.

연출노트

연기플랜

놈이 답변할 차례가 되자
놈이, 붉은 점박이 눈 파리란 놈이 한참을 생각하더니
살아 있는 것!
살아서 움직이는 것! 하고 답변한다.

나는 재차 놈에게 묻는다.
너는 무엇이냐? 라고 물었다.
그리고 나는 사람, 즉 인간이라고 대답했다.
너의 정체는 무엇이냐?
붉은 점박이 눈 파리!

놈은 한동안 나를 노려보더니

붉은 점박이 눈 파리…?
그것은 네가 나를 그렇게 정해놓고 부를 뿐
나하고는 아무 상관없다.
나는 이름이 없다.
살아 있는 것
살아서 움직이는 것 뿐이지.

연출노트

연기플랜

놈이 말을 할 때마다
가만히 보니 입술이 튀어나온다.
흡사 트럼펫처럼….

놈은 계속 말을 이어갔다.

인간은 모든 것을 기억하고 소통하기 위해
쪼개고 분리해서 복잡하게 만들어 놓고 살아가는 종들이야.
헤아릴 수 없이 많은 동사와 형용사, 관형사, 명사, 조사, 부사 등을 만들어 놓고….
그 속, 틀 속에 박혀 살아가고 있는 것들!
그것을 기억하며, 또 그것 없이는
아무것도 할 수 없는 것들!

놈은, 붉은 점박이 눈 파리 놈은
냉소를 머금은 듯 차디찬 표정으로 노려보며
한마디, 한마디 힘을 주어 말하고 있다.
흡사 트럼펫에서 울려 퍼지듯 리듬을 타고….

연출노트

연기플랜

도로, 아스팔트, 육교, 자동차, 비행기, 태양, 달, 우주, 밥그릇, 병마개, 촛불, 사랑, 그리움, 막걸리, 두루마기, 밤중, 새벽, 몽둥이, 폭탄, 빌딩, 미국, 학교, 집, 시골길, 대통령, 조지부시, 이라크, 세느강, 노무현 대통령, 태백산맥, 나는 간다, 죽었다, 부엉이 바위, 북한, 지하 핵실험, 해일, 매독, 에이즈, 소나무 재선충, 솔 수염 하늘소, 매계충, 농약, 고엽제, 나는 당신을 사랑했다, 낙엽이 우수수, 김정은 국방위원장, 6자회담, 전쟁, 양극화, 세계화, 쌀개방, 관세화, 수입 농산물, 미세먼지, 황사, 노숙자, 국회의원, 자유무역협정, 행정 신도시, 지방 분권화, 종로, 종각, 지하철, 명동, 화장품 쇼핑가, 문화, 동서화랑, 그림, 추상화, 무비하우스, 강남 역, 간다, 갔었다….

시인 퇴장.

배선원에게 조명 밝아진다.

배선원 : 하기야 서울 명동이 예전에도 화려했었지만 지금처럼 이렇게 복잡하게 화려하지는 않았습니다.
이렇게 화려한 황금 땅에 허름한 싸구려 대포집이 그대로

연출노트

연기플랜

있을 리가 없겠죠.

제가 명동에 도착해서 명동을 돌아보며 명동 성당 넘어 혹시 '은성' 대포집이 아직도 남았을까…? 하고 호기심을 갖고 명동 성당 앞을 지나는데 웬 노인 한 분이 저를 보고는 성당을 가리키며

"저기 성당이 보이죠?"

하고 말을 걸어오는 거예요. 그래서 저는 그 노인에게

"네 보입니다, 성당이…!"

하고 대답을 했더니 또, 노인이 이런 질문을 하는 겁니다.

"그럼 성당이 뭐 하는 덴지 아십니까?"

하고 또 질문을 하는 겁니다.

그래서 저는 이 노인이 성당이란 곳을 잘 모르고 있구나 하고 그 노인에게 예기를 해 드렸지요.

연출노트

연기플랜

“영감님, 성당이란 곳은 하느님과 예수 그리스도를 믿는 곳입니다.”

라고요. 그랬더니 그 영감님께서 껄껄껄 웃고 나더니 저에게 이렇게 말씀을 하셨습니다.

“지금 대답하신 것은 누구나가 다 아는 상식이고 제가 잠시 설명을 해드리지. 성당이란 곳은 인간이 가지고 있는 양심,
그 양심이란 것이 죄를 짓게 되면 자연적으로 가책을 느끼거든. 그것이 마음의 병이 된단 말씀이야. 그리고 또 그 죄의식 때문에 번뇌하고 정신적 고통을 느끼게 되요. 성당이란 곳은 그 마음에 병을 치유해주고. 또 정신적 고통을 치료해주는 곳이요. 병원에서…!”
“아하 성당이 그런 곳이군요. 저는 신자가 아니라 잘 몰랐습니다. 그저 하느님만 믿는 곳인 줄로만 알았지요.”

하고 가던 길을 걸으면서 저 노인이 도대체 그 많은 사람들 중에 하필이면 나를 붙잡고 그런 걸 예기했을까 하고 곰곰이 생각하면서 이상한 노인도 다 있다고 생각하고 흘

연출노트

연기플랜

려버렸지요.

그건 그렇고 명동은… 서울의 멋쟁이들이 낮이고 밤이고 찾아 들었던 추억이 깃든 곳이었는데….
멋쟁이들이 겉은 멋쟁이지만 그때만 해도 너나 할 것 없이 모두가 가난했습니다.
산동네 판자촌에 살던 사람들이지요.
그 가난했던 멋쟁이들이 불나방이 불을 보고 뛰어들 듯이 화려한 명동을 찾아 날아들었죠.
많은 사람들 속에서 멋을 부리며….
남대문 시장에서 구입한 구호물자 헌 옷을 멋들어지게 수리해서 입고, 돈푼이이나 있는 것처럼 으스대며 명동을 다녔습니다.
멋쟁이 신사들과 여인네들 뿐 만아니라 시인, 소설가, 화가, 음악가, 심지어는 가수, 영화배우 까지도 구호물자로 고친 옷을 걸치고 한껏 멋을 부리며 명동에 나타났습니다!
화려한 명동을 찾아와 가난의 회포를 풀어 버리려는 듯이….
이곳 저곳 화려하게 치장한…

연출노트

연기플랜

수도서울에서는 쇼핑가 1번지라 불리는 명동! 그 거리를 화려하게 치장한 쇼윈도를 두리번거리며 활보 했지요….

(감회에 젖어) 그 시절이 지난지가 벌써 어언 50년 되어가고 있군요.
그런데 한국이 이렇게 발전 했군요.
(천정을 올려다보고 나서) 그 때가 그리워지는군…!

사이
무대 앞으로 나오며.

배선원 : 명동은 조선시대에는 양반들이 살았다는 말을 전해 들었습니다.
그것도 정권에서 소외되어 밀려난 가난한 선비들이 살던 동네라고 하더군요.
그 당시 명동은 '명례방' 이라는 명칭으로 불렀다지요.
조선말에는 열강들이 침투할 때 약삭빠른 일본인들이 삼각동 등 명동에 터를 잡고 장사를 시작했습니다.
그러다가 일제 강점기에는 명동을 자기들 맘대로 '명치정' 이라는 이름으로 개명했다고 합니다. 그 후 해방이 되

연출노트

연기플랜

자 밝은 마을이란 의미로 '명동'이 됐고, 이 지역에 금융 · 상업시설, 문화시설 등이 밀집하면서 소비 문화의 아이콘으로 거듭나게 되었다고 하더군요.
화려한 쇼핑센터의 유리로 된 진열장 안에는 마네킹에 여인들의 최신 의상을 진열해 놓고 명동을 거니는 여인들을 유혹했습니다.
그때 그 시절에는 너나 할 것 없이 집에 오디오가 없어서 자기가 좋아하는 클래식 음악을 듣고 싶어도 들을 수가 없었습니다.

음반을 통해
토스카의 '별은 빛나건만' 전주곡이 흘러나온다.
잠시 후
객석 뒤에서 클래식 가수가 전주곡에 맞추어 노래를 부르며 무대로 나온다.

가수에게 스포트 라이트.

*E lucevan le stele…*
*에 루체반  레 스텔레*
*별들은 반짝이고*

연출노트

연기플랜

*e oleszava la tera.*
*에 올레스차(짜)바 라 떼라*
*대지는 향기로운데*

*stridea l' uscio dell' oto…*
*스뜨리데아 루쇼(시오) 델로또*
*저 화원 문을 열고*

*e un passo sfiorava la rena…*
*에 운 빠쏘 스피오라바 라 레나*
*가벼운 발자국소리 났네…*

*Entrava ella, fragrante,*
*엔 뜨라바 엘라 프라그란떼*
*또 나를 알아 준 것*

*mi cadea fra le braccia…*
*미 까데아 프라 레 브랏챠*
*향기론 그대였네…*

연출노트

---

연기플랜

*Oh! dolci bacio languide carezze,*
*오! 돌치 바쵸 랑귀데 까렛쩨*
*오! 달콤하고 뜨거운 그 입술로*

*mentr, io fremente*
*멘뜨르, 이오 프레멘떼*
*날 떨게 하고*

*le belle forme disciogliea dai veli!*
*레 벨레 포르메 디숄리에아 다이 벨리!*
*고운 그 몸 베일을 벗어버렸네!*

*Svani per sempre il sogno mio d' amore...*
*즈바니 뻬르 셈쁘레 일 쏜뇨 미오 다모레*
*사랑의 꿈은 영영 사라지고*

*l' ora e fuggita*
*로라 에 풋찌따*
*절망 속에서*

연출노트

연기플랜

*e muo io disperato…*

*에 무오 이오 디스뻬라또*

*나 이제 죽게 되오*

*e muo io disperato!*

*에 무오 이오 디스뻬라또!*

*나 이제 죽게 되오!*

*E non ho amato mai tanto la vita,*

*에 논 오(h 묵음) 아마또 마이 딴또 라 비따*

*아 죽게 된 이제 생의 귀함 나 이제 깨닫네.*

*tanto la vita!*

*딴또 라 비따!*

노래 끝마치고 가수 퇴장.

배선원 : 돌체…!

유일하게 클래식 음악을 전문으로 하는 음악 감상실이었죠.

연출노트

연기플랜

선원, 한동안 침묵한다.
테이블에 있는 담배 한 개를 뽑아 지프 라이터에 불을 붙인다.

'돌체' 음악 감상실은….
저에게 가슴 아픈 추억이 있습니다.

선원, 고개를 숙이고 격한 슬픔 감정을 억누르는 듯 한동안 말을 잇지 못하고 있다.

잠시 후

그 당시에는 시중에서 오디오를 판매하고는 있었지만 부자들이나 고가의 오디오를 구매했지, 일반 서민들은 먹고 살기 힘들어서 구입할 엄두도 못 냈습니다.
지금은 스마트 폰으로 듣고 싶은 음악을 다운받아 마음대로 들을 수도 있는 시대가 됐습니다만….
참 좋은 세상이 됐습니다.
그러나 그 때는 유일하게 음악을 들을 수 있는 장소가 음악 감상실이었습니다.

연출노트

---

연기플랜

베토벤, 차이코프스키, 모차르트 등을 강상하며 친구들과 어울려 사랑과 예술과 잡담을 늘어놓으면서 우정을 나누는 공간이기도 하구요.
그렇게 돌체에서 음악을 감상하며 잡담을 늘어놓다 보면 어느 틈에 해는 기울어 밤이 찾아오고, 밤이 찾아오면 모두들 배가 허기졌습니다,
이럴 때 돈 있는 한 친구가

"가자!"

하고 일어나면 모두들 얼굴에 활기가 돌면서 '학사주점'으로 몰려들 갔습니다.
그 학사주점에 들어서면 테이블마다 손님들이 꽉 들어차서 담배연기를 내뿜고 술잔에 막걸리나 소주를 마시며 시대를 성토하기도 하고 철학을 논하며 열정을 불태우고 있었죠.
손님들 대부분은 대학생을 비롯해서 젊은 시인, 소설가, 화가, 연극인과 같은 예술가들이었습니다.
때로는 손님들 가운데는 유명한 시인, 조병화 시인도 가끔 눈에 띄었고요. 제자 학생들과 문학에 대해 토론을 하

연출노트

연기플랜

기도 했지요. 조병화 시인은 항상 베레모에 파이프 담배를 태우며 막걸리 잔을 기울이고 있었죠.

그곳 '학사주점'은 뿌연 담배 연기와 술이 있고, 시인과 화가 등 예술가들이 있고 시적 영감과 더불어 끊임없는 토론이 있고 시대를 성토하는 젊은 열정과 낭만이 흐르는 공간이었습니다.

그런데 나중에 밝혀진 바에 의하면 학사주점을 운영했던 주인이 고정간첩이라는 것이 밝혀지면서 학사주점은 역사 속으로 사라지게 되었지요.

명동에는 그 외 프랑스식 '카페띠아뜨르'라는 소극장이 있어 매일 사롱 극 연극을 공연했었죠.

또한, '뮤직타운'이라는 음악다방도 있어 젊은 대학생들로 주류를 이뤄 단골이었고 또 다방끼리 경쟁하듯 심지다방에서도 팝송음악다방으로 젊은이들을 끌어들였죠.

하여튼 6,70년대 명동은 예술을 꽃피우는 낭만의 거리 아이콘이라고 생각하시면 됩니다.

잠시 침묵.

아참! 제 소개를 여러분께 한다는 것이 엉뚱하게도 다른

연출노트

연기플랜

애기만 늘어놨군요.

저는 삼대독자 외아들입니다. 이름은 배선원. 그래서 별명도 뱃놈이 됐죠. 흐흐흐. (웃는다) 같은 반 또래 애들이 붙여준 별명인데요.

저희 배씨 집안에서도 돌림자를 쓰는데, 제 사촌들 이름도 배선준, 배선영, 배선복 등 모두가 '선' 자가 돌림자지요.

그런데 하필이면 저희 할아버님과 제 이름을 '원' 자를 사용해 '선원' 으로 짓는 바람에 '배선원', 뱃놈이 되어버리고 말았죠.

기왕이면 또래 애들이 '마도로스' 라고 별명을 지어줬으면 좋았는데….

아무튼 저는 중학교에 들어가서는 '뱃놈' 이 되어버리고 말았습니다. 그 참!

제가 고2 학년 때 저희 부친은 해군 장교 중령이었습니다.

아버님은 태권도 고단자로 해군사관학교에서 사관학생들에게 태권도를 가르치는 교관이었죠.

어머님은 이대 영문학과를 졸업하셨습니다.

아버님이 해군사관학교 생도시절에 이대 학생인 어머님을 만나 연애 끝에 결혼하시고 저를 낳으셨죠.

연출노트

연기플랜

동네에서 잉꼬부부로 유명했습니다.

아버님이 간혹 저희들을 데리고 진해 벚꽃 구경도 시켜주고 정말 행복하게 살고 있었죠.

어머님이 창립한 성남 양말 공장도 잘 되었습니다.

그러나 저는 아버님과 달리 덩치는 컸지만 싸움을 할 줄 몰라 중학교 2학년 때까지는 같은 또래에게 늘 얻어터지고, 또 얻어맞을 까봐 두려워 애들을 피해 다녔습니다.

"야, 뱃놈! 이리와 봐! 야, 뱃놈. 어어 저 새끼 째려보네. 야 뱃놈. 네가 째려보면 어쩔 건데?"

하면서 달여 들어 저를 밀친 후 개 패듯 때렸습니다.

특히 손창익이라는 애가 저를 심하게 구타했습니다.

손창익…!

잠시 침묵.

그 놈은 마른 체격에 얼굴은 살짝 얽은 곰보였었는데, 눈꼬리가 지켜 세워진 것이 더욱 사납게 보였죠.

연출노트

연기플랜

손창익은 싸움꾼으로 유명해서 선배 학생들도 감히 그 놈을 넘보지 못하고 그 애를 피해 다닐 정도였으니까요.
저는 항상 그 손창익이라는 놈에게는 맷집에 불과했습니다.
그 놈이 때리면 금새 코피가 터지고 맞은 얼굴은 퉁퉁 부어올랐습니다.
몸 여기 저기 성한 데가 없이 피멍이 들었습니다.
아무튼 이 손창익이라는 놈이 제 인생을 100%로 바꿔어 놓고 말았죠….
손창익네도 성남에서 양말 공장을 운영하고 있었는데 우리 공장 앞에서 양말 공장을 하고 있는 손욱칠 씨의 막내아들로 말썽만 부리고 다니는 학생 깡패였습니다.
가슴에는 항상 비수를 품고 다녔죠.
때로는 그 칼로 위협까지 하면서 너 하나쯤 죽이는 건 아무것도 문제 될게 없다며 겁을 줬습니다.
우리 공장 앞 양말 공장주인 손욱칠!
부전자전이라고 하더니 그 애비에 그 아들이었죠.
손창익도 악질이지만 그 아버지 손욱칠도 막내아들 못지 않은 악질이었죠.
손욱칠이 아니라 '손악질' 이라고 불러야 될 것 같았습

연출노트

---

연기플랜

니다.

그 얘기는 나중에 자세히 말씀 드리도록 하고….
아무튼 어머님은 피멍이 되어 집으로 들어오는 저를 보시고는

"넌 왜 애들한테 매만 맞고 다녀…? 하루 이틀도 아니고… 누구냐? 널 그렇게 두들겨 패는 애들이… 허구 헌 날 매질이야?
에이고 속 터져. 네 아버지는 태권도 교관인데 넌 도대체 누굴 닮아서 그 모양이니? 덩치가 아깝다, 덩치가 아까워."

하시며, 또래 애들에게 매만 맞고 들어오는 저를 보시고 안타까워 하셨습니다.
그러던 어느 날 아버님이 휴가를 오셨는데, 그때 어머님은 아버님께 제가 밖에 나가서 또래 애들한테 매만 맞고 다닌다는 말씀을 하시며 어쩌면 좋으냐고 한탄 하셨죠.
어머님의 얘기를 잠자코 듣고 계시던 아버님은 아무 말씀도 안하시더니 다음 날 학교에서 돌아온 저를 데리고 어

연출노트

연기플랜

디론가 갔습니다.

그 곳은 아버님 친구 분이 큰 창고를 개조해 운영하는 종합체육관이었습니다.

그 곳에는 헬스를 비롯해 복싱 도장, 태권도 도장, 유도 도장도 있었습니다.

저는 그때부터 체육관을 다니기 시작했지요. 헬스로 몸을 달련하고 태권도를 배웠습니다.

처음에는 운동이 지겹고 힘들어 포기하고 싶은 충동이 일어나기도 했지만 아버님의 친구인 관장님의 눈치가 보여 포기할 수가 없었죠.

나중에 관장님께서 아버님에게 제가 처음 며칠 간은 체육관을 나오다 그만 뒀다고 하면 엄하신 아버님이 가만 계시지 않을 거라는 것을 알고 있기 때문에 그만 둘 수가 없었습니다.

체육관을 다니면서 그런 힘든 시간을 이를 악물고 버티면서 이겨냈지요.

차츰차츰 운동에 적응이 되면서 학교 수업이 끝나는 대로 곧바로 체육관으로 달려가 늦도록 땀흘려가며 정말 열심히 운동을 했습니다.

1년이 지나고 2년째 접어들자 몸에 붙어있던 군살이 빠지

연출노트

연기플랜

고 근육이 붙기 시작했습니다.

저를 보기만 하면 때리고 괴롭히는 손창익은 여전했습니다.

그때마다 저는 이를 갈며

"손창익…! 언젠가는 네놈들에게 꼭 복수를 해 주마!"

하고 더욱 열심히 운동에 매진했지요.

중학교 3학년 때 태권도 도장에서 대련 대회에 출전해 7급 판정을 받았습니다. 저는 아버님의 지시로 복싱도장에도 다니며 권투도 하고 유도도 배웠습니다.

제가 고등하교 2학년 때 저는 드디어 태권도 1단으로 껑충 뛰어 올랐지요. 그때 아버님은 해군 대령으로 군에서 전역하셨습니다.

아버님은 어머님과 함께 성남에 있는 양말 공장에서 일을 하셨지요.

저희 집 2층이 어머님이 일 보시는 집무실인데, 평소에는 성남공장을 가지 않으시고 2층 집무실에서 집으로 찾아오신 거래처 손님과 면담도 하시고 공장장이 양말을 생산한 샘플을 가지고 오면 어머님과 2층 집무실에서 의논을 하곤 했습니다.

연출노트

연기플랜

저희 집은 효자동에 있는 부잣집으로 2층 양옥집에 정원도 있었습니다.
동네에서는 부잣집으로 집이 제일 컸지요.
일요일이면 저희 집 마당에서 아버님과 태권도 대련도 하면서 자세를 바로 교정해 주기도 하셨습니다.
집 마당에는 아버님이 구입해 온 운동 기구 등이 있어 집에서도 운동을 했습니다.
어머님은 운동에 열심인 저를 보시고는

"공부도 저렇게 열심히 하면 얼마나 좋을까!"

하시면서도 운동을 하려면 잘 먹어야 한다며, 거의 매일 같이 고기 등 영양가 있는 음식을 만드셨습니다.
제가 중학교에서 고등학교로 진학할 무렵 그렇게 저를 괴롭히던 손창익은 다른 고등학교로 진학하는 바람에 저와는 헤어지게 됐죠.
그 놈과 헤어지니 해방된 기분으로 날아갈 것 같은 기분이었습니다.

잠시 침묵.

연출노트

연기플랜

그런데…. 그렇게 잘 나가던 우리 집안이 어느 날인가부터 태풍이 몰아치기 시작했습니다.

위기에 몰린 것이지요.

성남 양말 공장에 일이 줄어들기 시작하면서부터 위기가 불어 닥치기 시작했습니다.

성남에는 양말 공장이 저희 집 말고도 몇 개의 공장이 더 있었는데, 바로 우리 공장 앞에 있는 손욱칠 사장은 우리 양말 공장만 불티나게 일감이 들어오고 저희 공장에는 주문이 점점 줄어들고 있었죠.

평소에 그 손욱칠은 우리 공장이 잘 나가는 것을 항상 시기하고 배 아파하면서 자기 공장에 단골을 우리가 빼어간다고 생트집을 잡아서 어머님과 말다툼을 허구 헌 날 했습니다.

그 집 하고는 앙숙이나 다름없었죠.

무슨 조그만 일이라도 있으면 그 공장 손욱칠은 저희 공장으로 찾아 와 공장에서 기계가 돌아가는 소음이 시끄럽다는 등의 이유를 들어 행패를 일삼았습니다.

우리 보고 공장을 이전하라고 협박까지 할 때도 있었고, 아버님한테 시비를 걸고는 오히려 자기네가 파출소에 신고해서 터무니없게도 아버님이 폭력을 휘둘렀다고 우겨

연출노트

연기플랜

대기도 했습니다.
어떤 날은 무당을 불러다 굿까지 하면서 요란을 떨었습니다.
그 집 하고는 원수 집안이나 다름없었죠.
아무튼 우리 양말 공장은 승승장구 발전했죠. 일이 밀려 양말 짜는 기계도 3대나 더 들여와 양말을 생산했습니다.
그렇게 잘 나가던 공장이 어느 날부터인가 차츰 일이 줄어들기 시작했습니다.
그 앞집 공장에 이태리에서 유학을 다녀온 그 집 장남이 공장 일을 맡으면서부터 우리 공장의 일이 줄어들기 시작했던 것이죠.
대신 우리 공장 앞 손욱칠네 양말 공장은 날이 갈수록 주문이 불티나기 시작했습니다.
그 공장에서 생산한 양말을 확인해 보니 우리 공장에서 사용하는 나이론 면사도 그 집에서는 유럽 국가에서 직접 수입한 특수면사를 사용했고, 색깔, 디자인, 양말 무늬도 우리가 생산한 양말과는 하늘과 땅차이로 솔직히 우리 것 하고는 게임이 안됐습니다.
우리 공장에 주문하던 거래처도 모두 그 공장으로 하나 둘씩 옮겨가고 우리 공장에는 일감이 뚝 그치고 말았습

연출노트

---

연기플랜

니다.

이런 판국에 아버님이 친구 분한테 보증을 서준 것이 불난 집에 부채질한다고 부도가 나서 저희 공장 기계 등에 붉은 딱지가 붙고 집 가구 등에도 붉은 딱지가 붙어 어머님은 발만 동동 구르고 있었고, 아버님은 친구나 친척한테 도움을 청하기 위해 이곳저곳 발품을 팔며 다녀 보셨지만 허탕만 치고 풀이 죽어 집으로 돌아 오셨습니다.

모두가 외면하고 누구하나 도와주는 사람들이 없었던 것이죠.

결국, 공장은 넘어가게 되었고 집도 쫓겨나는 신세로 전락하고 말았습니다.

부모님이 가지고 있던 돈도 모두 빚 청산으로 날아가고 겨우 돈 몇 푼으로 우리는 미아리 산동네에 방 한 칸을 얻어 그곳에서 살게 됐습니다.

그 후 우리는 생활고에 허덕이게 됐습니다.

아버님은 막 노동판에 뛰어들어 힘든 일을 하셨지만 그나마도 일거리가 없어 공치는 날아 많아 집에서 쉬시는 날이 더 많았습니다.

저는 고등학교를 졸업하고 대학 진학은 연세대학교를 지망해서 당당히 합격을 했지만 가정 형편으로 입학금을 마

연출노트

---

연기플랜

련하지 못해 재수하기로 하고 대학 진학은 내년에 다시 응시하기로 어머님과 합의를 했습니다.

아버님은 해군사관학교에 응시하라고 하셨지만 마음이 내키지 않았습니다.

그 대신 체육관에서 운동만 땀흘려가며 열심히 하고 있었습니다.

이렇게 가다가는 굶어죽겠다고 생각하신 어머님은 밖으로 나가 돈을 벌어야겠다고 결심하시고, 이런 판국에 무엇인들 못하겠느냐고 포장마차 장사를 시작하시기로 마음먹었습니다.

포장마차를 차릴 여러 곳을 물색한 끝에 어머님은 명동 한 곳에 포장마차를 차렸지요.

포장마차에서 우동도 팔고 어묵도 팔면 세 식구 밥이야 굶겠냐면서 차린 포장마차지요.

장사 첫날 아버님과 저는 시식회 겸 해서 포장마차에 앉아 어머님이 만들어 주신 냄비우동에 김밥으로 저녁을 먹었습니다.

어머님 음식 솜씨가 좋아 소문이 나면 금방 돈방석에 앉을 것 같은 생각도 들면서 우리는 꿈에 부풀어 좋아서 웃어가며,

연출노트

연기플랜

"고생 끝에 낙이 찾아 올 것"

이라며, 온 가족이 오래간만에 웃음꽃을 피우면서 시간 가는 줄 몰랐었죠.
어머님은 집에 돌아와서는 내일 팔 음식을 장만하느라고 밤늦도록 음식을 만들었습니다.
어떤 때는 피곤한 줄도 모르고 밤을 지새우시며 음식을 만드셨습니다.
그런대로 장사는 잘 됐습니다.
그러든 어느 날 덩치 큰 사람들이 나타났습니다.
그 덩치들 너덧 명은 명동을 주름잡고 있는 명동 깡패들이었습니다.

"누구 허락받고 이곳에서 포장마차 장사를 하느냐?"

깡패들은 어머님을 보고 다짜고짜로 반말로 따져 묻는 것입니다.
이 장소에서 영업을 계속하려면 자릿세를 내야 한다는 것입니다.
어머님은 하도 어이가 없어

연출노트

연기플랜

“굶어죽을 수 없어 포장마차라도 해서 먹고 살려는데, 여기에 무슨 자릿세를 내 놓으라고 하는 것이냐?”

하시면서,

“누구신지 몰라도 공무원이면 고지서를 발송해요. 세금을 내면 되지 않소!”

하고 쏘아주자,

“이 아줌씨가 뭘 모르는 모양이지라 잉! 야그들아 맛 좀 보여줘야 쓰것제!”

하면서 깡패들이 일제히 포장마차를 발길질 하며, 때려 부수기 시작했습니다.
어머님이 밤새껏 준비한 우동 국물, 어묵 등 음식물이 바닥에 떨어져 나갔고, 소주병들도 땅에 떨어져 깨졌습니다.
깡패들은 포장마차를 난장판으로 만들어 놓고는

연출노트

연기플랜

"여그서 장사를 하려면 자릿세를 내 놓고 하든지 아니면 명동에는 아예 발붙일 생각을 하덜 말드라고 알것제?"

하고, 또 한 번 어머님을 윽박지르고는 사라졌습니다.
어머님은 억울하고 원통해서 땅바닥에 주저 앉아 대성통곡을 하며 울었지요.
그 다음 날 아버님이 명동에 나가 어머님과 함께 부서진 포장마차를 고치고 다시 장사를 시작했습니다.
그 날 저녁은 다행히 깡패들이 나타나지 않았습니다.
그 다음 날도, 또 그 다음 날도 나타나지 않았죠.
하지만 아버님은 매일 어머님과 함께 포장마차에서 장사를 하면서 깡패들이 나타날까 봐 긴장의 끈을 놓지 않고 있었지요.
저도 체육관에서 운동을 마치고 저녁도 먹을 겸해서 포장마차를 찾아갔습니다.
드디어 어둠이 짙어지자 한참 영업도중에 드디어 깡패들이 포장마차에 얼굴을 디밀고 들어섰습니다.
깡패들이 아버님을 보자,

"이 아줌씨가 이젠 놈팽이까지 갖다 놓고 장사를 하네,

연출노트

연기플랜

그랴…!”

하면서 아버님을 아래 위로 훑어보더니,
“자리 세를 내고 장사를 계속하겠다는 것이여, 뭐여?”

하며, 반말 짓거리를 해대며 공포분위기를 조성했습니다. 음식을 먹던 손님들도 분위기가 험악해지자 하나 둘씩 돈을 지불하고 포장마차를 빠져 나갔습니다.
아버님이 더 이상 두고 볼 수가 없어서,

“포장마차를 때려 부순 사람들이 저 친구들이야?”

하고 어머님께 물어보고는 어머님이 고개를 끄떡이자 깡패들을 향해,

“나가서 얘기들 하지!”

하고는 아버님이 먼저 밖으로 나가셨습니다.
깡패들이

연출노트

---

연기플랜

"하지…?"

하며, 어이가 없다는 듯이 포장마차를 들치고 밖으로 나갔습니다.
저도 따라 나갔죠.
아버님이 깡패들을 향해,

"너희들 뭐하는 놈들이야? 왜 남 장사하는데 와서 자릿세를 받치라며 포장마차를 때려 부수고 난장판을 하는 거야 엉? 너희들 깡패들이냐? 때려 부순 거 변상해. 이 새끼들아!"

아버님이 깡패들을 향해 소리를 지르자 그 중 한 명이 눈알을 부라리며,

"뭐 새끼들! 그리고 너 방금 뭐라고 지껄였냐? 뭘 변상하라고? 이거 어디서 굴러 온 개뼈다귀야! 야들아 안 되겠다. 이런 놈은 맛을 보여야 쓰갓지라 잉?"

하면서 깡패 세명이 한꺼번에 아버님께 달려들었습니다,

연출노트

연기플랜

저도 옆에서 바라만 보고 있다가 아버님과 합세해서 깡패들을 상대했죠.
아버님께 달려드는 세 놈 중 한 명을 제가 낚아챘죠.
그리고는 돌아서는 깡패를 오른 주먹으로 놈의 얼굴을 타격했습니다.
놈이 비틀거리며 뒤로 밀려나가자 돌려차기로 놈의 얼굴을 후려쳤습니다.
놈이

"어이쿠!"

하며 나가 떨어졌죠.
제 옆에서는 아버님도 두 놈의 덩치들과 혈투를 벌리고 있었고요, 제 아무리 센 놈이라도 아버님을 당해 낼 수는 없었습니다.
한 놈은 벌써 나가 떨어져 엉금엉금 무릎을 꿇고 땅바닥을 기다시피 하고 있고, 또 한 놈도 아버님에게 얻어터지고 있었죠.
깡패들은 겨우 일어나더니 더 이상 안 되겠다 싶었는지 도망치기 시작했어요.

연출노트

연기플랜

허허허…. 제 자신도 깡패들과 실전을 통해 그 동안 갈고 닦은 실력이 나도 모르게 자동적으로 나오는 것을 보고 스스로 놀라기도 하고, 또 한편으로는 자부심이 생기더군요.
그 후 포장마차에는 더 이상 깡패들의 얼굴을 볼 수가 없었죠.
뜨거운 맛을 보더니 포기했나보다 생각하고 있을 무렵 깡패들이 또다시 포장마차 안에 얼굴을 디밀고 들어섰습니다.
아버님은 그 놈들을 보더니,

"지난번 때려 부순 거 변상하러 오셨나?"

하고 말을 건네자, 깡패 한 놈이

"변상해 줄께 밖으로 나오랑께!"

하며, 깡패들이 먼저 포장을 들치고 밖으로 나갔습니다.
아버님도 놈들을 따라 밖으로 나갔습니다.
밤은 깊어가고 있었고, 건너편 상점들의 불빛으로 밖은

연출노트

연기플랜

환했습니다.
포장마차 앞에는 깡패들 10명쯤 되어 보이는 놈들이 야구 방망이를 들고 섰다가, 나오는 아버님을 순식간에 둘러쌓습니다.
놈들 중에 한 놈이 능글맞게 미소를 띠면서

"주먹깨나 쓴다며…?"

하며, 빈정거리더니

"이런 놈은 몽둥이가 약이야! 야그들아 인정사정 볼 것 없이 후려갈겨 뿌러!"

하며 몽둥이를 들어 올려 아버지를 사정없이 두들겨 팼습니다.
아버님이 놈들에게 야구방망이로 매를 맞고 있을 때 제가 체육관에서 운동을 마치고 포장마차로 막 돌아왔을 때였습니다.
아버님은 피투성이가 된 채로 처참하게 매를 맞고 있었습니다.

연출노트

연기플랜

"무릎 꿇어."

깡패 중 한 명이 목소리를 높였습니다.

아버님은 매 맞은 몸을 어루만지고 잠시 서 있다가 드디어 무릎을 꿇었죠.
그것도 제가 바라보고 있는 앞에서…!
저는 아버님이 몸을 쭈그리며 무릎을 꿇는 순간 하늘이 주저앉는 듯 모든 것이 믿어지지 않았습니다.
앞이 깜깜해 지더니 억장이 무너지는 듯 했습니다.
하늘같은 아버님이 그것도 자식 벌 되는 깡패들 앞에 무릎을 꿇다니요…?
도저히 납득이 안 되고 이해 할 수가 없었습니다.
이게 아버님의 실제 모습이란 말인가? 불가능이란 내 사전에는 없다고 늘 입버릇처럼 말씀하시던 아버님이, 신과 같다고 늘 믿어왔던 제 아버님이 허약한 모습으로 깡패들 앞에 비굴하게 무릎을 꿇고 있는 모습을 보는 순간 아버님에 대한 신뢰가 산산이 부서져 버리는 순간이었습니다.
저는 오히려 깡패들 보다는 아버님에 대한 분노가 치밀어 올라왔습니다.

연출노트

연기플랜

순간 저는 미친놈처럼 광기가 어려 깡패들을 잡히는 대로 후려치기 시작했죠.
"선원아 안 돼! 선원아, 싸우지 마라!"

아버님의 목소리가 아주 먼 곳에서 들려오는 듯 했지만 저는 그 소리가 메아리처럼 들릴 뿐이었습니다.
그러나 많은 숫자의 깡패들과 붙는 다는 것은 어리석은 짓이었지요.
깡패들은 이번에는 저를 향해 야구방망이를 휘두르기 시작했습니다.
이때 지나가던 행인이

"야, 너희들 지금 뭐하고 있는 거야?"

하면서 깡패을 밀어 제키고 아버님과 저를 바라봤습니다.

"너희들 이 사람들에게 다구리를 놓고 있었냐? 왜 무슨 일인데?"

하고 깡패들에게 묻자

연출노트

연기플랜

"아무것도 아닙니다, 형님! 이 놈들 버르장머리를 고쳐 놀려고 그러는 중예요."
"버르장머리…?"

하며, 무릎 꿇고 있는 아버님과 저를 번갈아 보더니

"야, 쟤는 아직 어린 고등학교 다니는 애 같은데 저런 꼬마한테까지 다구리냐! 마, 일대 일로 붙어. 애한테 다구리 놓지 말고…! 명동 공원으로 데리고 가! 거기 가서 차라리 맞장을 떠!"

하면서 그 사람이 앞장을 섰습니다.

영화 대부의 주제곡
'Parla piu piano' 가 은은하게 흘러나온다.
저는 그 사람 뒤에 붙어 따라갔지요.
깡패들도 따라왔고, 아버님도 뒤 따라오시면서 제 팔을 붙들고

"얘, 선원아 가지마라! 선원아!"

연출노트

---

연기플랜

하면서 계속 만류를 하셨지만 저는 아버님의 손을 뿌리치고 일행들을 따라 갔습니다.
명동 한복판 공원에 다들 모였습니다.

"누가 먼저 맞장을 뜰네…? 야, 너 덕만이가 나서!"

하고 명령조로 지시하자 그 놈들 중 한 명이 제 상대로 앞으로 나섰습니다.
저는 주먹을 불끈 쥐고 놈을 노려보고 있었고, 놈은 으스대듯 폼을 잡고

"너는 한 방이면 끝나, 임 마! 자 덤벼!"

그러나 저는 섣불리 덤벼들지 않고 상대방이 어떤 동작으로 공격하는지만 긴장의 끈을 놓지 않고 노려보고만 있었죠.
순간 덕만이 놈이 다가오더니 저에게 주먹을 날렸습니다.
머리를 숙이면서 주먹을 피하고 그 놈의 옆구리를 후려쳤습니다.
놈이 충격을 받았는지 인상이 찌그러졌습니다.

연출노트

연기플랜

저는 이때다, 싶어 돌려차기로 놈의 얼굴을 후려쳤죠.
옆구리와 돌려차기 두 대로 놈은 바닥에 쓰러졌습니다.

"브라보! 브라보!"

깡패들이 형님이라고 부른 그 남자가 손뼉을 쳤습니다.

"제법인데 꼬마라고 우습게 보다 가는 큰코 다치겠는 걸…! 야, 이번엔 만두. 네가 상대해 봐. 너한테는 저 학생이 안 될 거다."

그 남자는 저를 학생이라고 불렀습니다.
저도 덩치는 컸지만 나이가 어리다는 이유로 아마 학생으로 부른 것 같습니다.
이번엔 그 사람의 지시에 따라 만두라는 놈이 제 앞에 섰지요.
만두는 다짜고짜로 나에게 달려들며 멱살을 잡으려고 했습니다.
저는 뒤로 피했습니다.
싸우는 솜씨가 유도를 배운 듯 보였죠.

연출노트

연기플랜

저도 평소에 체육관에서 유도를 배워 어느 정도 기술을 터득한 상태라 금방 알아차릴 수가 있었습니다.
만두는 뒤로 피하는 저를 계속 따라 붙으며 순간적으로 멱살을 붙잡으려고 계속 달려들었답니다.
저는 계속 피해 다니면서 기회를 포착해 놈의 명치를 오른 발길로 내 질렀죠.
만두가 '윽!' 하는 비명소리와 함께 허리를 숙이자 이번에는 돌려차기로 만두의 턱을 후려쳤습니다.
만두는 정통으로 턱을 얻어맞고는 정신을 잃고 나가 떨어졌지요.

이번에도 남자는 박수를 치며 '브라보!' 를 연발했습니다.
저는 평소 체육관에서 태권도 4,5급 세 명과 대련을 해본 경험이 여러 번 있어서

"덤비려면 한 명씩 나오지 말고 세 명이 한꺼번에 덤벼! 상대해 줄 테니까!"

하자, 그 남자가 제 말에 어이가 없다는 듯

연출노트

연기플랜

"세 명씩이나…? 하, 그놈 봐! 얼굴도 예쁘장하게 잘 생긴 녀석이 쌈도 곧잘 하는군. 그럼 어디 세 명하고 붙어 봐!"

하며, 덩치 세 명을 불러 세웠습니다.

저는 사람의 급소를 잘 알고 있기 때문에 일단 한 놈을 급소를 정확히 겨냥해서 공격을 가하면 한방에 날려버릴 수 있는 자신감이 들었죠.

그렇게 해서 대처하기로 하고 세 명이 한꺼번에 달려들기를 기다리고 있는데, 그 놈들은 주먹을 불끈 쥐고 싸우는 폼만 잡고 쉽게 달려들지 못 했습니다.

두 명과 싸우는 것을 봤기 때문에 저를 만만히 보지 않고 좀처럼 달려들지 못하고 우물쭈물 거리며 놈들은 서로 눈치만 살피고 기회만 엿보고 있었죠.

순간 저는 재빠르게 날라 그 중, 한 놈의 가슴팍을 정통으로 내 질렀습니다.

저한테 발길로 급소를 정통으로 맞은 놈은 뒤로 넘어질 듯 밀려나며 숨이 막혀 주저앉았습니다.

순간적으로 당한 일격이라 맥도 못 추고 있던 한 놈이 그렇게 쓰러지자 두 명이 동시에 공격을 해 왔습니다.

저는 두 명 중 한 명을 집중 공격하며 드디어 놈의 급소에 일격을 가했죠.

연출노트

연기플랜

놈도 급소를 맞고 쓰러졌습니다.
나머지 한 놈은 발차기로 계속 괴롭혔습니다.
놈은 동료들이 일격에 쓰러지자 섣불리 덤비지 못했죠.

이때 형님이란 남자가 싸움을 중단시켰습니다.
결과는 안 봐도 뻔 할 것이라고 판단해서 싸움을 중단시킨 것 같았습니다.
그리고는 깡패들을 모아놓고 앞으로는 어머님의 포장마차를 괴롭히지 말라고 단단히 이르고 그 남자는 사라졌지요.
바로 그 남자가 명동을 주름잡고 있던 유명한 신 상사라는 것을 뒤늦게 알게 됐습니다.
그 일이 있고나서 어머님은 마음 편히 포장마차 장사를 할 수 있었습니다.
저 역시 포장마차 장사를 하는 어머님을 가끔 찾아가기 위해 명동을 자주 드나들었죠.

명동엘 가게 되면 명동 깡패들을 만나게 되는데, 그들은 전남 목포에서 올라온 회칼 잽이 깡패들이었습니다.
그들과 싸우고 난 며칠 후 저와 깡패들은 자연스럽게 친

연출노트

연기플랜

하게 됐습니다.
그 당시 명동 깡패들은 서울역 역전 깡패들과 패권을 다투고 있었는데 싸움판에 늘 저를 데리고 다녔죠.
저는 역전 깡패들과 싸울 때 상대방이 넉 다운 되면 그것으로 싸움은 끝나지만 상대방이 살려달라면서 무릎을 꿇고 비굴하게 빌 때는 피가 솟구치듯 혈압이 오르면서 정신없이 상대방을 죽일 듯이 두드려 패는 습관이 생겼습니다.
함께 간 목포 깡패들이

"어 야, '마도로스' 야. 저놈이 항복했다고 하는데, 왜 그랴 잉? 그렇게 패다가는 상대방이 죽을지도 모른단 게! 그만 참아! 진정하라고. 그러다 죽는 날이면 우리까지 덤터기 쓴단 말이여, 그만 허랑 게!"

하며, 저를 만류할 때까지 미치광이가 된 듯 주먹으로 때리고 발길질 하며 상대방을 초죽음 상태로 몰아갔습니다.
저한테 그렇게 맞은 놈은 결국 병원으로 실려 갔죠.
저는 상대방이 무릎을 꿇고 비굴하게 비는 모습을 볼 때

연출노트

연기플랜

마다 아버님이 깡패들 앞에 비굴하게 굴복하는 잔영이 자꾸 떠올라 저도 모르게 열이 오르고 광기가 치솟게 됩니다.

그렇게 목포 깡패들과 어울려 다니며 싸움판에 자주 몰려 다니자, 어느 날 우연히 만나게 된 신 상사는 목포 깡패들과 어울려 다니는 것을 보고 저를 명동 공원으로 조용히 데리고 가서 깡패들과 어울리지 말라고 타일렀습니다.

신 상사는 목포에서 올라와 명동을 설치고 다니는 깡패들을 양아치라고 불렀습니다.

목포 깡패들이 간혹 들르는 카페 갤러리가 있었는데, '동서화랑' 이라는 곳으로 시설도 좋았고 실내에는 항상 좋은 클래식 음악만 흘러나왔죠.

그 곳에 가면 화가들이 항상 커피를 마시며 화랑 주인인 장 사장과 누구의 그림은 잘 팔려나간다는 등 그림 값에 대한 대화를 나누고 있었죠.

그 당시 가난하던 화가 박수근 씨를 비롯한 유명화가들이 자주 이용하던 카페 갤러리였습니다.

'동서화랑' 주인은 장 사장이라고 명동에서는 멋쟁이로 통했죠.

연출노트

연기플랜

가난한 화가들의 그림도 가끔 대포 값이 없다며, 그림 한 점 팔아달라고 부탁하면 가끔 팔아주기도 했습니다.
그런 장 사장을 목포 깡패들은 형님, 형님하며 허리를 굽신거리며 따랐습니다.
저도 깡패들을 따라 '동서화랑' 갤러리에 여러 차례 가서 장 사장님과도 친해졌습니다.
장 사장님도 저에게 대학생이 깡패들하고 휩쓸려 다니지 말라고 충고를 주기도 했습니다.
목포 깡패들은 목포에서 동양화 그림이 서울로 올라오면 그 그림을 가지고 명동 술집이나 큰 식당 같은 곳을 찾아 다니며 그림을 팔았습니다.
식당 주인이나 술집 주인에게 반 강매나 마찬가지로 목포에서 올라온 동양화 그림을 팔았죠.
그림을 안 팔아주면 목포 깡패들이 떼를 지어 곤조를 부리며 식당이나 술집에 자리를 차지하고 앉아서 영업방해를 했죠.
목포 깡패들은 영업 주인에게는 암적인 존재였습니다.
'동서화랑' 은 그림을 전시 판매하는 곳이라 목포 깡패들의 베이스 캠프나 마찬가지로 이용하고 있었죠.

연출노트

연기플랜

아버님은 싸운 일이 있은 후 자괴감에 빠져 매일 술로 나날을 보냈습니다.
깡패들 앞에 비굴하게 무릎을 꿇고 말았다는 것이 자존심 강한 아버님의 상처로 남아 매일 술타령이었습니다.
저 역시 그런 아버님이 싫었습니다.
그리고 저 역시 아버님이 깡패들 앞에 비굴하게 무릎을 꿇었다는 것이 뇌리에서 떠나지를 않았죠.
저는 집에 들어가기가 싫어졌습니다.
아버님과 얼굴을 마주치기가 싫었던 것이죠.
아버님은 심한 우울증에 시달렸습니다.
대인기피증이 생겨 혼자 술로 세월을 보내고 있었습니다.
그러던 어느 날 충격적인 일이 일어났습니다.
아버님은 결국 스스로 목숨을 끊고 말았습니다.

잠시 침묵.
아버님이 스스로 목숨을 끊자 어머님은 몸져 누워버렸습니다.
아버님은 성남 양말 공장이 망하고 이어서 빚보증 섰던 것이 터지고 말아 결국 살던 집도 넘어가고 길가에 내몰리자 매일 비관만 하시며 술타령이었죠.

연출노트

연기플랜

어머님은 이러다가는 굶어죽겠다는 생각에 자존심도 버리고 포장마차를 차리셨습니다.
입에 풀칠이라고 해야 하겠고, 저를 대학까지 보내려면 당장 돈을 벌어야겠다는 일념이셨습니다.
그런데 명동 깡패들이 행패를 부렸답니다.
보다 못한 아버님이 결투를 버리다 결국 깡패들 앞에 비굴하게 무릎을 꿇고 굴복하고 만 것이 치명적으로 자존심 강한 아버님의 상처로 남게 된 것이지요.
비관하시던 아버님이 죽음을 택하게 된 동기입니다.

잠시 침묵.
배선원 머리를 가로 젓는다.

아니 진짜 이유는 따로 있지요.
그것은…. 저 때문이라고 생각합니다.
저는 명동 공원에서 깡패들과 싸우고 난 후 아버님이 저를 잡고 '다친데는 없느냐?' 고 물어보시는 아버님의 손을 뿌리치고 도망쳤습니다.
아버님이 미웠던 것이죠.
비굴하게 무너지는 모습이 미웠었습니다.

연출노트

---

연기플랜

아버님은 그 후 자식이 보는 앞에서 깡패들에게 무너지는 꼴을 보이고 말았다는 자책감으로 더욱 괴로워하셨던 것 같습니다. 그것이 아버님에게 치명적인 상처로 남아 죽음에까지 이르게 했던 것 같습니다.
정말 그 시절 아버님에게 분노했던 제 태도가 후회 막심합니다.
제 잘못입니다. 모두 제 탓 입니다.

잠시 흐느껴 운다.

저는 그 후 아버님의 죽음에 대해 책임감을 느끼며 괴로운 나날을 보냈죠.
그 때 자식으로서 아버님을 이해하고 따뜻한 마음으로 아버님을 대해 드리지 못한 것이 한으로 남아 있지요.
그렇게 죄를 짓고 평생을 살아오면서 죗값을 치르고 있는 것이 현재의 제 모습입니다.
저는 죄인입니다.
(울먹이며) 아버님을 죽음에 이르게 한 불효막심한 죄인입니다.
(깊은 한숨) 이제 와서 후회한들 무슨 소용이 있겠습니

연출노트

연기플랜

까?
우리 집은 이렇게 망해버리고 말았습니다.

사이.

그 당시 저 또한 방황했습니다.
저는 그 당시 명동 깡패들과도 싸우고 난 후에 자연스레 그네들과 친해져 그들과도 어울리게 됐습니다.
그들은 저를 보고 마도로스라는 별명을 붙여줬지요.
제 이름이 배선원이라고 하니까

"그럼, '마도로스' 라고 불러야 하겠네."

하면서 그 때부터 저는 마도로스라는 별명으로 행세하며 그네들과 어울려 다녔습니다.
어머님은 깡패들과 어울려 다니는 제 모습을 눈치 채지 못했습니다.
어머님이 깡패들과 어울려 다니는 것을 눈치 채시는 날이면 어머님께서는 당장 죽어버리시겠다고 난리를 부리실 겁니다.

## 연출노트

---

## 연기플랜

사이.

통기타 가수가 등장.
기타를 치며 노래를 부른다.

쉘부르…!

명동에는 '쉘브르' 가 있었죠.
통기타 가수들이 포크 송 등 노래를 불렀습니다.
이곳에서는 생맥주와 더불어 각종 음료수도 팔았습니다.
주로 손님들은 대학생 등 젊은이들이었습니다.
이 쉘부르의 주인은 MBC 라디오 DJ이었던 이종환 씨가 음악 후배이었던 후배들을 위한 공간을 만들었다고 합니다.
아무튼 저녁이면 젊은이들이 통기타 음악에 열광하면서 마치 자기들의 아지트인양 손님들이 들끓었습니다.
저도 명동 깡패들과 어울리면서 쉘부르를 자주 들었습니다.
명동 깡패 몇 명은 나이트 클럽이나 빠아 같은 곳에서 기도를 봤는데, 나머지 깡패들은 상인들에게 돈이나 뜯으러

연출노트

연기플랜

다녔습니다.
그리고는 아무 술집에서나 외상으로 술을 마셨죠.
술값은 항상 외상 장부에 달아만 놨지 한 번도 외상값을 갚아주는 것을 보지 못했지요.
오히려 주인을 보면 용돈을 뜯어갔습니다.

그러던 어느 날 눈이 많이 내리는 밤이었습니다.
쉘부르 부근 한 골목길에 빨간 코트와 털모자를 쓴 여대생 쯤 되어 보이는 여인을 깡패 서너 명이 벽에 몰아세워 놓고 괴롭히는 모습을 보았죠.
제가 다가가 빨간 코트의 여인을 보니 가끔 쉘부르에서 보았던 여인이었죠. 꽤나 미인이었습니다.
제가 깡패들 어깨를 제키고 여인 앞을 가로막고 서자,
저를 바라보던 깡패가

"마도로스, 네 깔치냐…?"

하고 물어왔습니다.
평소 관심 있던 여인이라 보호해 주고 싶어 그렇다고 고개를 끄떡였죠.

연출노트

연기플랜

깡패들은

"마도로스 제법 예쁜 깔치를 두었구나! 진작 우리들한테 소개를 하지. 우리가 몰랐다. 모르고 그랬으니 이해 할 거지? 미안하게 됐습니다, 아가씨!"

하면서 사과까지 하고 물러들 갔습니다.
그 후 빨간 코트의 여인과 저는 자연스럽게 친해지게 됐죠.
그 여인의 성은 손씨, 이름은 정아. '손정아' 였습니다.

이대 국문학과를 응시했는데, 낙방을 해서 재수를 하고 있는 중이었습니다. 낮에는 학원을 가고 저녁이면 통기타 음악을 들으러 쉘부르에 자주 왔죠.
제가 쉘부르에 가면 정아가 기다렸다는 듯이 자리에서 손을 흔들었습니다.
정아는 시집 한 권은 늘 옆에 끼고 다녔습니다.
시집은 조병화 선생이 지은 시집이었죠.
저는 어느 날 정아를 데리고 '은성' 막걸리 대포 집을 찾아 갔습니다.

연출노트

---

연기플랜

'은성' 에는 조병화 시인이 자주 찾아 와 문인들과 어울려 파이프 담배를 안주삼아 이야기꽃을 피우는 장소였습니다.
그 곳에서 정아가 늘 들고 다니는 조병화 선생의 시집에 친필 사인을 받기 위해서였죠.
정아는 조병화 선생의 친필 사인을 받자 흥분하며 뛰듯이 아주 좋아했습니다.
그 후 조병화 시인의 열렬한 팬이 되었습니다.
조병화 시인은 친절하게도 우리에게 막걸리 두 잔에 안주로 두부김치까지 사주셨습니다.

그 날 이 후 정아와 저는 더욱 친해져 서울 시내를 누비고 다녔죠.
종로, 광화문, 덕수궁, 남산 등을 데이트하며 서로가 어느덧 사랑에 빠져버렸습니다.
정아와 매일 만나 사랑을 하게 된지도 어언 일 년이 지나가고 있었죠.
정아는 저희 집 사정을 알고는 연세대학에 응시하라고 했지요. 입학금은 정아가 빌려주기로 했습니다.
졸업 후 취직이 되면 그때 가서 갚아주면 될 것 아니냐면

연출노트

연기플랜

서 적극 권유했습니다.
정아의 적극적인 공세에 저도 시험 준비를 시작했습니다.
정아와 저는 남산도서관에 틀어박혀 열심히 시험 준비에 열을 올렸죠.
밤이 되면 정아와 명동 쉘부르에 가서 저녁 겸해서 맥주도 마시고 젊은이들과 함께 통기타에 열광했습니다.
정아는 이화여대에 응시했으나 낙방의 고비를 마시고 숙명여대에 입학하게 됐습니다.
저는 연대 경영학과에 합격해서 정아가 빌려 준 돈으로 입학금을 내고 연세대학교 교복을 입게 됐죠.

하루는 어머님이 너에게 입학금을 빌려 준 그 여학생이 얼마나 고마운지 모르겠다고 하시면서 틈나는 대로 정아를 데리고 포장마차로 오라고 하셔서 어머님이 하시는 포장마차로 정아를 데리고 갔습니다.
어머님은 정아를 보시더니 얼굴도 예쁘고 마음씨도 곱게 생겼다고 하시면서 정아에게 대학 입학금을 마련해 줘서 고맙다고 여러 차례 치하를 하시고는 저와 정아에게 우동을 말아주셨습니다.
어머님의 표정을 살펴보니 어머님도 정아를 마음에 들어

연출노트

---

연기플랜

하시는 것 같았습니다.
정아도 어머님이 이화여대 출신이라는 것을 알고 존경의 눈초리로 어머님을 바라보았습니다.

한동안 어머님과 정아와 대화가 오고가다가 어머님은 정아의 집안에 대해서 물어보셨습니다.
아버님은 계시느냐? 정아의 어머님과 형제들 얘기 등을 물어보시다가 아버님께서는 사업을 하신다고 들었는데, 무슨 사업을 하시는지 물어봐도 되느냐며 정아의 얼굴을 바라보셨습니다.
정아는 아버님은 성남에서 양말 생산 공장을 운영하고 계신다고 하니까, 어머님은 놀라는 표정을 지으시며 우리도 성남에서 양말 공장을 했었는데, 그럼 아버님의 함자가 어떻게 되시냐고 물어보셨습니다.
정아가 손욱칠이라고 아버지의 함자를 알려드렸지요.
어머님은 정아가 자기의 아버지 함자를 알려주는 순간

"손욱칠?"
하며, 입속으로 되새기더니 금세 얼굴 표정이 굳어지며 더 이상 말씀이 없으셨습니다.

연출노트

연기플랜

어머님은 말씀이 없으시고 설거지만 계속하고 계셨습니다. 한 동안 침묵이 흘렀습니다.

정아는 무언가 불안한 분위기를 느꼈는지 저에게 눈짓으로 나가자고 했습니다.

저는 어머님께 간다고 인사를 드리고 정아와 함께 나오는데, 어머님이

“오늘 저녁은 일찍 들어오너라.”

말씀하시고는 정아의 인사는 받지도 않으시고 잘 가라는 인사 한마디 없으셨습니다.

정아와 나는 충무로 길을 말없이 걷다가

“어머님이 피곤하신가 봐!”

하고, 정아의 눈치를 살폈지만 정아도 아무런 대꾸도 없이 걷기만 하고 있었죠.

저는 버스정류장에서 정아를 태워 보내고 다시 어머님이 계시는 포장마차로 갔습니다.

어머님이 정아와 사이좋게 말씀하다가 집안 얘기가 나오

연출노트

---

연기플랜

자 갑자기 태도가 돌변하신 것이 무엇 때문인지 궁금해서 어머님께 물어볼 참으로 포장마차로 다시 돌아왔습니다.
어머님은 저를 보시더니,

"그 애는 보내고 왔니?"

하고 물어보시고는 한동안 말이 없으시다가 저에게 무언가 애기를 해줘야겠다고 판단하신 것 같았습니다.
어머님이 드디어 말씀을 시작했죠.
그동안 정아네 양말 공장과 우리 집 양말 공장에 대해 사이가 안 좋았다는 말씀 등, 그 공장 주인이 성격이 괴벽스러워 허구 헌 날 싸웠다는 것을 자세히 털어놓으셨지요.
그 집 하고는 앙숙이었던 사이었다고 말씀하시고는

"그 집 때문에 우리가 이렇게 망했는데, 두 번 다시는 정아하고는 만나지 마라. 하필이면 그 집 딸하고 사귈게 뭐냐? 당장 헤어져야 한다!"

하고 단호하게 말씀하셨습니다.

연출노트

---

연기플랜

“너희 아버지 돌아가시게 된 원인도 따지고 보면 다 그 집 때문이다.”

하시면서 눈물을 보이기까지 하셨습니다.
저는 평소에 부모님의 말씀을 한 번도 거역한 적이 없었습니다.
그러나 정아와의 관계만큼은 정말 심각했었죠.
어머님 앞에서

“얘, 정아하고 당장 헤어지겠습니다.”

라고 자신 있게 말씀 드릴 수가 없어 침묵만 지키고 있었죠.
어머님은 다짐을 하듯이

“꼭 헤어져야 한다. 그 집안 딸 하고는 하늘이 두 쪽이 난다고 해도 용납할 수 없다. 알았니?”

하시며 치를 떠는 것 같았습니다.
어머님은 혼자 중얼거리시더니 화가 나시는지 애매한 설

연출노트

연기플랜

거지 그릇만 요란하게 닦고 있었죠.
저는 포장마차에서 나와 술집으로 갔습니다.
맨 정신으로 도저히 있을 수가 없었죠.

"정아네 집과 우리 집안이 서로 원수지간이라니…? 정말 정아와 헤어져야만 한단 말인가…?"

죽으면 죽었지 정아와는 헤어질 수가 없을 것만 같았습니다. 이러다간 미치고 말 것만 같았죠.
저는 그 날 저녁 술에 흠뻑 취해 집에 들어가 어머님을 붙들고 울었습니다.
어머님은 사내새끼가 여자 하나를 잊지 못해서야 무슨 큰 일을 할 수 있겠느냐고 오히려 꾸짖으셨지요.
그리고는 어디서 마련하셨는지 통곡하고 있는 제 앞에 돈다발을 던졌습니다.
빌린 대학등록금이라며 내일 당장 정아에게 갖다 주라고 하셨습니다.

정아는 다음 날 쉘부르에 나오지 않았습니다.
다음 날도 그 다음 날도 정아의 모습은 보이지 않았습니

연출노트

연기플랜

다.

숙명여대 정문 앞에서 하루 종일 기다려도 보았지만 헛수고였죠. 정아를 만날 수가 없었습니다.

학교에도 나오지 않은 모양입니다.

그렇게 일주일이 지난 어느 날 정아가 자기의 아버지 손욱칠과 어머니, 막내아들 손창익. 이렇게 셋이서 명동 포장마차를 찾아왔습니다.

손욱칠은 어머니를 보더니 잠시 놀라는 기색을 보이더니

"이제 보니 쫄딱 망했다더니 이곳에서 포장마차를 하고 있었네!"

하며, 정아를 앞장 세워 놓고

"그 놈이 저 여편네 아들놈이냐?"

하며, 다그치자 정아는 고개만 숙이고 있었습니다.

정아는 머리에 수건을 두르고 있었습니다. 아버지가 가위로 머리카락을 잘랐기 때문이었습니다.

연출노트

연기플랜

정아가 밥상 앞에서 헛구역질을 하는 것을 보고 집안 식구들이 처음에는 체해서 그런 줄로 만 알고 있었는데, 정아가 무슨 냄새만 맡아도 헛구역질을 자주하자 수상하게 여긴 정아의 어머니가 병원에 데리고 가서 검사해 본 결과 임신이라는 사실을 알게 된 것이지요.
정아네 가족들이 정아의 머리카락을 자르며 무섭게 다구치자 정아가 마지못해 고백을 하고 가족들을 데리고 명동 포장마차에 나타난 것입니다.
저희 어머님도 정아가 임신했다는 소리에 그만 놀라 실신하다시피 했고, 정아 어머니가 다짜고짜 우리 어머님의 머리카락을 휘어잡고

"너희가 우리 땜에 망했다고 생각해서 아들놈을 시켜 이런 식으로 남의 귀중한 딸을 욕보여 임신까지 시켰냐?"
하고 소리소리 질러가며 어머님의 머리를 쥐어뜯었습니다.
손창익은 더 이상 두고 볼 것 없다며, 포장마차를 때려 부수기 시작했습니다.
발길로 차고 뒤집어 엎고, 그릇은 바닥에 떨어져 박살이 나고 포장마차는 그야말로 아수라장이 되어 버렸죠.

연출노트

연기플랜

손창익의 아버지 손욱칠도 창익이가 포장마차를 때려 부수는 것을 도와 함께 포장마차를 발길질 했습니다.

"너희가 잘못해서 망해버린 것을 우리 탓으로, 우리 딸한테 보복한 것이냐!"

하며, 발길질 해 댔습니다.
옆에서 발을 구르며 울고만 서 있던 정아는 한 동안 소란스러운 틈을 타 속이 타는지 어디론가 사라져 버렸습니다.
난장판 속에서 정아가 없어진 것을 그때까지만 해도 모두가 흥분한 상태라 아무도 모르고 있었죠.
정아 어머니가 한 손으로 어머님의 머리채를 잡고 다른 한 손으로는 어머님의 얼굴을 때리는 바람에 어머님의 코에서는 코피가 터져 흐르고 목이고, 얼굴이고 손톱으로 할퀴어 얼굴은 그야말로 피범벅이 되었죠.
그렇게 난장판을 벌려놓고 내일 또 올 태니 그놈을 데려오라고 큰소리 치고는 물러갔습니다.
저는 체육관에서 운동을 마치고 포장마차로 돌아와서 아수라장이 된 현장을 목격하고는 일단 어머님을 모시고 집

연출노트

연기플랜

으로 갔습니다.
저는 어머님의 말씀을 듣고 나서야 정아가 임신했다는 것을 알 수 있었죠.
어머님은

"이 녀석아 어쩌자고 그 애한테 임신까지 시켜서 이 난리냐? 당분간은 그 사람들 눈에 안 띄게 피해 다녀라. 너를 잡아 죽일 듯이 혈안이 돼 있어. 알겠지?"

하시며 저를 염려하시며 걱정하셨습니다.
저는 분해서 밤새도록 잠을 설치고는 어머님께 아침 일찍 학교로 간다고 해 놓고는 명동으로 갔습니다.
어머님이 몸 져 누워계셔서 당분간 포장마차를 열지 않으실 것이지만 그래도 저는 엉망이 된 포장마차를 대충 정리 해 놓았죠.
정리를 마치고 저는 청량리 역전으로 갔습니다.
손창욱 놈을 만나 분을 풀지 않고서는 도저히 견딜 수가 없었습니다.
날씨는 곧 비라도 한바탕 쏟아져 내릴 듯이 잔뜩 찌푸려 있었습니다.

연출노트

---

연기플랜

손창욱이가 청량리 역 부근의 깡패가 됐다는 소문을 듣고 그 놈을 찾아 무조건 청량리 역으로 갔던 것입니다.
너무 이른 시간이라 손창욱이는 보이지 않았습니다.
하늘에서 천둥이 울리더니 한 두 방울 내리더니 이어서 비가 '쏴' 하고 폭우처럼 쏟아져 내렸습니다.

비 쏟아지는 소리.
천둥과 번개가 친다.

광장에 서 있던 사람들은 비를 피해 대합실로 뛰어 들어왔죠.
저는 청량리 역전 대합실 창문을 통해 손창욱이가 나타나기를 기다리고 있었습니다.
비가 계속 쏟아져 내리는 가운데 2시간이나 기다렸을까 손창욱이 모습이 보였죠.
청량리 깡패 두 명과 함께 우산을 쓰고 역 광장에 나타났습니다.
하늘에서는 번개불빛이 번쩍이더니 천둥치는 소리가 났습니다.
저는 대합실에서 밖으로 나갔죠.

연출노트

연기플랜

그리고 저 만치 가고 있는 손창욱을 향해

"야, 손창욱!"

하고 큰 목소리로 그 놈을 불러 세웠죠.
그리고 저는 그 놈에게 다가갔습니다.

"네 식구들이 날 찾고 있다며…?"

손창욱과 깡패 두 명도 돌아서 저를 바라보았죠.
손창욱이는 저를 바라보고 잠시 놀라는 기색을 보이더니

"야 뱃놈! 네 발로 찾아왔구나! 그렇잖아도 너를 잡으면 작살을 내려고 벼르고 있었는데. 너 마침 잘 만났다. 너 정아가 내 여동생인지 몰랐냐? 야, 뱃놈. 너 정아를 그렇게 만들어 놓고 무사할 줄 알았냐? 새끼 이제 겁도 없어! 그리고 너 정아 어디다 숨겼어?"
"정아를 내가 숨겼다니…?"
"야, 뱃놈! 당장 정아를 집으로 돌려보내!"
"그래. 너 어제 네놈 식구들이 우리 어머님의 포장마차에

연출노트

연기플랜

와서 다 때려 부수고, 우리 어머님한테도 폭력을 휘두르고 갔었다면서, 그렇게 해 놓고 무사할 줄 알았냐? 이 개새끼야!"

"어쭈 이 새끼 봐라! 이젠 겁도 없이 지껄이네. (깡패 두 명에게) 애들아 안 되겠다. 니들이 손 좀 봐 줘야겠다."

손창욱이의 지시로 깡패 두 명이 포즈를 취하고 저에게 덤벼들었죠.

한 놈이 저를 향해 주먹을 날렸습니다.

순간 저는 몸을 옆으로 피하면서 놈의 옆구리를 내 질렀습니다.

급소를 맞고 놈은 옆구리를 잡고 바닥에 쓰러졌습니다.

또 한 놈이 순간적으로 저에게 주먹을 날렸습니다.

그래서 저는 놈의 주먹보다 빠르게 명치끝을 발치기로 내 질렀지요.

그 놈도 바닥으로 고꾸라지면서 고통의 비명을 질렀습니다.

옆에서 비를 맞으며 싸우는 모습을 보고 있던 창욱이가

"어쭈, 이젠 제법인데 싸울 줄도 알고, 네가 아무리 그래

연출노트

연기플랜

도 나한테는 안 돼. 뱃놈아!"

하며 덤벼들었습니다.
저는 고양이가 쥐를 데리고 노는 것처럼 덤비는 손창욱이를 한 동안 이리저리 피해가며 데리고 놀다가 주먹을 연거푸 휘둘렀죠.
손창욱의 코에서는 코피가 흐르고 눈텡이도 금방 부어올랐습니다.
그래도 그 놈은 씩씩거리며 악착같이 헛손질을 해가며 덤벼들었죠.
저는 찬스를 노리다가 이번에는 그 놈의 명치끝을 발차기로 내 질렀습니다.
손창욱은 급소를 맞고 땅바닥에 구르면서 비명을 지르고는 통증이 가라앉자 주머니 속에서 비수를 끄집어내어 휘둘렀습니다.
그 칼은 중학교 때부터 그 놈이 가슴에 품고 다니던 비수였습니다.
손창욱이 비수를 들고 제 가슴을 향해 찔렀습니다.
저는 뒤로 물러서면서 칼을 쥔 그 놈의 손목을 비트는 동시에 엎어치기로 그 놈을 들어 메대기 쳤습니다.

연출노트

연기플랜

손창욱은 땅바닥에 엎어졌죠.

그런데 순간적으로 사고가 터지고 말았습니다.

손창욱이가 쥔 칼이 그 놈이 엎어지면서 스스로 제 가슴을 찌르고 말았습니다.

손창욱이가 엉거주춤 일어나다가 칼을 쥔 손이 그만 땅바닥에  다리와 함께 미끄러지면서 순간적으로 자기의 가슴을 찔러버린 것이죠.

손창욱은 비명을 지르며 다시 옆으로 엎어졌지요.

비는 억수같이 내리는 가운데, 그 놈의 가슴에는 피가 계속 쏟아져 나오고 있었습니다.

저는 당황했습니다.

청량리 깡패 두 명이 손창욱을 부축해 일으켰습니다.

저는 손창욱의 칼이 가슴에 꼬치여 계속 피를 흘리는 모습을 보고 덜컹 겁이 났습니다.

손창욱의 윗도리는 피로 얼룩졌고, 쏟아지는 빗물에 계속 흘러내리고 있었죠.

어찌해야 할 줄 몰라 한 동안 망설이며 서 있다가 일단 피하고 보자는 생각에 저는 뒤돌아서 뛰기 시작했습니다.

가슴은 계속 두근거리고 숨이 턱 밑까지 차올랐지만 정신없이 뛰었습니다.

연출노트

연기플랜

도망치는 저를 본 청량리 깡패들은

"야! 거기서! 야, 이 새끼야. 거기 서지 못해!"

하면서 소리를 질렀지만 저는 제 정신이 아니었죠.
저는 지나가는 택시를 세워 올라타고 명동으로 갔습니다.
급한 마음에 '동서화랑' 장 사장님을 찾아갔습니다.
장 사장님은 무언가 의논을 하면 도움을 청할 수 있다는 막연한 기대에 급한 대로 장 사장님을 찾아갔던 것이죠.
'동서화랑' 에는 마침 목포 깡패들도 와 있었습니다.
비에 흠 벅 젖은 제 모습과 창백한 제 얼굴을 보더니 무언가 큰일을 저질렀다는 것을 금방 눈치를 채고 목포 깡패가
"뭔 일이랑가…? 비를 흠뻑 맞고. 야, 얼굴도 창백하고 잉? 뭔 사고를 저질렀지롱 잉?"

하고 물어왔지만 우선 냉수부터 한 잔 벌컥벌컥 마시고 숨을 가다듬었습니다.
그리고는 장 사장님께 위스키 한 잔만 마시게 해달라고 부탁하니까, 그는 위스키를 병째 테이블에 내 놓으셨습니

연출노트

연기플랜

다.
모두가 숨을 죽이고 저만 쳐다 보고 있었습니다.
저는 위스키 잔에 가득 채워 한 잔 쭉 들이켰습니다.
목포 깡패가 한 잔 또 따라 줬습니다.
그렇게 연거푸 세 잔을 더 마시고 나니 가슴이 찌릿해지면서 조금은 진정되는 것 같았죠.
저는 정신을 가다듬고 자초지정을 얘기했습니다.

"칼에 찔린 그 놈이 죽었는지 살았는지 고것은 모르지라잉…?"

저는 겁이 나서 그냥 도망쳐 왔다고만 했습니다.
목포 깡패들은 자초지정 얘기를 듣고 나서 저에게 당분간 피해 있으라고 했습니다.
일단 잠수함을 타라는 것이었습니다.
그 말의 뜻은 아무도 모르게 잠적하라는 말이었습니다.
우선 목포에 연락을 해 둘 터이니 당분간 목포에 가서 숨어 지내라고 했습니다.
그리고는 급히 목포로 누군가에게 전화를 걸어 제가 내려가면 도와주라고 단단히 이르고는 제가 어머님 걱정을 하

연출노트

---

연기플랜

니까, 깡패들은 어머님 걱정은 하지 말라고 저를 안심 시켰습니다.
자신들이 어머님을 잘 보살펴 드릴 테니 조금도 염려 말고 자네나 서둘러서 목포로 내려가라고 일렀습니다.

저는 정아에 대해서도 염려를 하니까 '동서화랑' 장 사장님은

"이런 판국에 여자가 문제야…? 정신 차려, 이 사람아! 목포에 가 있으면 정아 소식을 알아 봐 가지고 내가 연락할 테니 우선 몸부터 피해 있어. 여기 일은 걱정 말고."

"당장 형사들이 들이닥치면 꼼작 없이 콩밥신세 밖에 안 돼. 이 사람아!"
하며, 우선 잠수함을 타라는 것이었죠.
저는 급한 대로 장 사장님이 마련해 준 돈으로 서울을 떠나 목포로 가기로 결심하고 목포행 열차에 몸을 싫었습니다.
장시간에 걸쳐 목포역에 도착하자 역전에 저를 기다리는 사람이 있었죠.
저는 죄를 짓고 목포에 내려와서 혹시 그새 수배가 내려

## 연출노트

## 연기플랜

경찰들이 불신 검문하지 않을까 마음이 조여 왔습니다.
사방에 형사들이 깔려 있는 듯 불안했죠.
다행히 검문은 없었습니다.
저는 그 사람의 안내로 택시를 타고 목포시내 한 곳에 내렸습니다.
그곳도 화랑이었습니다.
저는 그 화랑 내실에서 당분간 숨어있기로 했죠.
이틀 밤이 지나고 서울서 목포 깡패들한테 연락이 왔습니다.
정아가 한강 변에서 시신으로 발견되었다는 충격적인 소식이었죠.

"지금 정아네 집에서 난리가 나서 자네를 잡으려고 혈안이 되어 있어 난리여. 아마 경찰에서도 전국적으로 수배령이 내릴 것이여. 일단 나가 선배한테 부탁해 놨으니 게배를 타란 말이여. 무슨 말인지 알지? 목포도 안전하지 못한 게. 내 말 알아 들었지라 잉?"

고개를 떨어뜨리고 괴로워하는 배선원.
잠시 침묵.

연출노트

연기플랜

정아가 죽었다는 소식을 듣고 충격에 빠진 배선원
무릎을 꿇고 흐느껴 운다.

음악, 전주곡이 흐르면 무대에 발레리나가 등장해 정아의
혼령인양 선원의 주위를 맴돌며 춤춘다.

심수봉의 '사랑이 서로 변할 때' 가
흘러나온다.

*오늘 첫 만남을 기억 속에서 찾는다.*
*미래를 그대 손에 맡기고 시작했던*
*행복은 언제나 꿈꿀 수가 있었어*
*그대만 내손을 놓지 않는다면.*

*괴로운 고통의 날에도*
*사랑은 시가 되어 난 노래 불렀지*
*그곳에 항상 그대 있기를*
*아름다운 참 세상이 거기 있을 테니까.*

*언제나 기다림의 날들은 날 지치게 했지만*

연출노트

연기플랜

*그대의 작은 위로로도 난 모든 걸 얻었어.*
*스치는 들판에 같이 있는 것만으로도*
*이것이 진정 축복이길 바랬어*

*만약에 내가 먼저 죽으면*
*잘해주었던 일들만 기억해주오*
*비바람이라도 올테요*
*내 영혼이 그 뺨이라도 어루만지고 갈테요*
*그대가 다시 사랑에 빠지면*
*그때도 난 기꺼이 기도 할 테지만*
*자그만 그대 지갑 속에*
*처음 가졌던 내 사진 하나만은 간직해 주오*
*내 사진 하나만은 간직해 주오*

발레리나 퇴장.

아니 정아가 죽다니요…? 저는 실감이 나질 않았습니다. 며칠 사이에 이런 큰 사건들이 제게 일어나리라고는 꿈에도 생각을 못했습니다.
머리가 어수선 해지고 어찌해야 할지 세상이 캄캄하기만

연출노트

연기플랜

했습니다.
저는 일단 몸을 피하기 위해서는 배를 타고 목포를 떠나기로 결심했습니다.

저는 한 밤중에 안내인을 따라 목포 해안가 한적한 곳으로 갔습니다.
어둠 속에서 후레시 불빛으로 신호를 보내오자 안내인은 그리로 저를 데리고 갔죠.
어둠속에서 험준한 바위를 지나자 배 한척이 보였습니다.
안내인은 저를 다른 사람에게 인도하고 어둠속으로 사라졌습니다. 저는 배에 올랐죠.
배에 오르자 선실로 데리고 내려갔습니다.
선실에는 험상궂은 외국인들이 있었죠.
외국인 대부분은 전과자같이 보였고, 저와 같은 도망자들로 보였습니다.
한국 사람은 방금 안내한 선원 한 사람과 저 뿐이었습니다.
배는 목포를 떠났죠.
나중에야 알았지만 제가 탄 배는 밀수선이었습니다.
거센 파도를 헤치며 배는 정처 없이 바다를 항해했죠.

연출노트

연기플랜

선원에게 조명 어두워진다.

잠시 후.

무대조명 밝아지면

가수가 등장해 가곡 '떠나가는 배' 노래를 부른다.

'떠나가는 배'

*저 푸른 물결 외치는*
*거센 바다로 떠나는 배*
*내 영원히 잊지 못할*
*님 실은 저 배는 야속하리*
*날 바닷가에 홀로 남겨두고*
*기어이 가고야 마느냐*
*터져 나오라 애 슬픔*
*물결 위로 오 한된 바다*
*아담한 꿈이 푸른 물에*
*애끓이 사라져 나 홀로*
*외로운 등대와 더불어*
*수심 뜬 바다를 지키련다.*

연출노트

연기플랜

노래가 끝나자
조명 어두워진다.
선원에게 조명 밝아진다.

선장은 항해를 하며 저를 부르더니 몇 가지 규칙과 해야 할 일들을 지시했습니다.
그리고는 덧붙여서 지금 이 배를 타고 있는 선원들도 저와 똑같이 도망자 신세라면서 사납고 난폭하니까 조심하라고 일러줬습니다.
밀수선은 높은 파도를 헤치며 어디로인가 끝없는 항해를 했습니다.
저는 처음에는 지독한 멀미에 시달리며 여러 차례 구토를 했습니다.
정말 죽을 것만 같고 고통스러웠습니다.
일주일 쯤 지나고 차츰 배에서의 생활이 힘은 들었지만 조금씩 적응이 됐죠.
조금씩 적응이 되자 배 선원들이 저를 더욱 괴롭히기 시작했죠.
텃세를 부리고 때로는 자기들이 해야 할 일들을 저에게 맡기기도 했습니다.

연출노트

연기플랜

자기 일을 저보고 하라는 것이었습니다.
처음에는 몇 가지 가벼운 일들은 들어줬지만 힘든 일거리는 거절했죠.

"네가 할 일을 왜 내가 하느냐? 지금도 힘들어 죽겠다"

하면서 단호하게 거절했습니다.
선원들은 제가 거절하자 덤벼들었죠.
폭력을 휘둘러 저의 기를 꺾으려고 했죠.
어차피 이들하고는 한 번쯤은 한판 붙어야 이들에게 시달림을 받지 않을 것이라고 판단한 저는 결투를 해야겠다고 마음먹고 싸울 태세를 갖추었습니다.
근육질에다 얼굴에 칼자국이 깊게 패인 선원 한 명이 달려들었습니다.
저는 주먹을 휘두르는 선원을 피해 옆 발차기로 그 놈의 옆구리를 내 질렀습니다.
놈은 비틀거리더니 중심을 잡고 또 다시 덤벼들었습니다.
나머지 선원들은 삥 둘러서서 저희가 싸우는 것을 바라보고들 있었죠.
선장도 선실에서 항해를 멈추고 싸우는 것을 내려다보고

연출노트

---

연기플랜

있었습니다.

그 놈이 날린 주먹보다 제 주먹이 더 빨랐습니다.

놈은 제 강력한 주먹에 얼굴을 맡고 넘어졌죠.

넘어진 놈은 더 이상 일어날 기미를 보이지 안차 나머지 선원 세 명이 한꺼번에 달려들었습니다.

한 놈은 명치끝을 발로 걷어찼고, 또 한 놈은 옆구리를 주먹으로 내 질렀습니다.

그 중 한 놈이 뒷주머니에서 비수를 꺼내 들고 덤벼들었습니다.

저는 칼을 휘두르며 달려드는 놈을 피해 다니다 기회를 포착해 칼을 든 놈의 손목을 잡고 비틀어 칼을 바닥에 떨어뜨리게 하고는 엎어치기로 내 던졌습니다.

놈은 보기 좋게 나가 떨어졌죠.

저는 나가떨어진 놈의 목을 발로 짓눌려 숨을 못 쉬게 하자 살려달라고 애원을 했습니다.

항복을 선언 한 것이죠.

위에서 싸우고 있는 모습을 바라보고 서 있던 선장이 얼굴에 흡족한 미소를 띠고 있다가 들어갔습니다.

연출노트

연기플랜

선원들과 싸우고 난 후 그들과 함께 생활하면서 그들은 저를 대하는 태도가 백 팔십도로 달라졌습니다.
선장은 저를 선장실로 불러

"자네를 채용하기 전에 싸움을 잘 한다는 얘기를 들었다면서 앞으로는 힘든 일보다는 애들이 말썽을 부리지 못하게 애들 관리만 철저히 해 주면 된다."

라고 언질을 주었습니다.
냄새가 고약하게 나는 침대도 선원들이 바꿔 주었습니다.
그 침대는 필리핀 선원이 사용하게 됐고, 지저분하기는 마찬가지지만 그나마 제일 성한 침대를 사용하게 됐죠.
선원들은 저를 왕초처럼 대우를 해 줬죠.
그 덕에 저는 밀수선에서 편안한 생활을 하게 됐으나, 선원들과 함께 힘든 일은 나눠서 했지요.
날이 갈수록 선원들은 저를 의리에 사나이라고 추켜세웠습니다.
제 말도 잘 따라 선장은 흡족해 하였죠.

그렇게 일 년간은 밀수선을 타고 세계 각국의 항구는 안

연출노트

연기플랜

다니는 곳이 없을 정도로 다녔습니다.
때로는 폭풍을 만나 산 덤이 같이 밀려오는 파도에 배가 휩쓸려 죽을 고비도 여러 차례 넘기기도 하고, 또 어떤 때는 해적선을 만나 억류되었다 풀려나기도 하면서 파란 만장한 생활을 보냈습니다.
저는 선장님의 신임을 얻어 선원증도 받게 되었죠.
물론 위조된 선원증이지만 그 선원증을 지참하고 항구에서 입항할 때 단 한 번도 걸린 적이 없었습니다.
가짜 선원증은 제 외에 선장만 빼 놓고 전 선원들이 모두 위조된 선원증을 지니고 있었죠.
무슨 운명인지 저는 제 별명처럼 진짜 뱃놈이 되어버렸습니다.
그것도 며칠 사이에 일어난 사고로 인해 제 운명이 이렇게 되어버릴 줄 누가 알았겠습니까?
지금 생각해도 꿈만 같은 현실이었지요.
저는 뱃놈생활을 하면서도 죽은 정아를 잊지 못해 항상 그리워하고 또 그리워했습니다.
어머님의 안부소식은 선장이 연락을 해줘서 간간히 소식을 접할 수 있었죠.
다행히 명동 깡패들이 잘 보살펴드려 아무 탈 없이 포장

연출노트

연기플랜

마차를 계속하고 계시다는 연락이었죠.

밀수선을 타고 어언 일 년이 지나고 저는 함께 생활했던 선원한 명과 정식 수출입 무역선을 타게 됐지요.

정식으로 마도로스가 되었습니다.

저는 무역선을 타고 세계적인 항구들을 다녔습니다.

일본 고베를 비롯해서 요코하마, 상하이, 홍콩, 싱가포르, 마닐라, 캘커타, 봄베이, 카라치, 아부다비, 텔아비브, 아제르바이잔, 블라디보스토크 등 아시아권 항구를 비롯해 아프리카, 케이프타운, 더반, 수에즈, 이집트의 알렉산드리아, 카사블랑카, 라고스, 유럽의 스톡홀름, 오슬로, 베르겐, 트론헤임, 헬싱키, 영국의 도버, 독일의 킬, 보르도, 프랑스의 마르세유, 나폴리, 베네치아, 이태리의 제노바, 바르셀로나, 발렌시아, 남미 등 세계 곳곳을 안돌아 본데가 없습니다. 마도로스가 되어 무역선을 타고 세계 방방곡곡을 누비고 다닌 지 10년 만에 저는 남미 페루에 정착을 하게 됐습니다.

제가 페루에 정착하게 된 동기는 무역선이 페루 항에 도착해서 며칠간 정박하게 되어 저와 선원들은 관광을 즐기기 위해 페루 시내를 누비고 다녔죠.

초저녁이라 아직 어두움이 짙어지기 전에 사람들이 살고

연출노트

연기플랜

있는 마을을 어슬렁거리며 이곳저곳을 구경하고 다녔는데 골목길에 정아가 가만히 앉아 있는 것이었습니다.
저는 그 순간

"정아야!"

하고 외치며 앞으로 다가가서 자세히 보니 정아가 아니었습니다.
죽어버린 정아가 살아서 페루에 머물러 있다니요.
얼굴모습이 꼭 정아를 닮은 페루 현지 여인이었지요.
그 여인의 이름은 '안나' 라고 했습니다.
저는 '안나' 옆에 쭈그리고 앉아 손짓 발짓 해가며 해가지는 줄도 모르고 대화를 나눴습니다.
저는 '안나' 를 만난 이후 매일 같이 '안나' 가 살고 있는 마을을 찾아 갔습니다.
아니 정아를 찾아갔던 것이죠.
그리고 무역선이 출항하게 되자 '안나' 와 헤어지게 됐습니다.
'안나' 에게 다시 돌아오마고 약속을 하고 헤어졌습니다.

연출노트

연기플랜

배는 페루 항을 출항해서 또 정처 없이 이 항구 저 항구를 떠돌았습니다.
고국에서는 가끔 안부연락 왔습죠.
어머님한테도 몸은 건강하냐고 연락이 왔고, 명동 '동서화랑' 장 사장님께서도 연락이 왔습니다.
장 사장님은 그렇게 타국으로 떠돌이 생활을 그만 청산하고 귀국해서 자수하라는 것이었습니다.
그러나 귀국하기가 쉽지 않았습니다.
뱃놈 생활에 익수할 뿐만 아니라 제가 계획한 사업 자금도 마련하기 위해서는 몇 년을 더 배에서 일을 해야 했으니까요.
또한 저는 페루 여인 '안나'를 그리워하고 있었습니다.
뱃놈 생활을 청산하고 난 후 '안나'를 만나 결혼까지 생각하고 있었으니까요.
'안나'와 결혼을 해서 귀국 길에 오르려고 마음을 먹고 있었죠.
그 후 삼 년이 지난 어느 날 드디어 저는 고대하던 페루에 도착해서 그 '안나'에게 구애를 청해 결혼하게 됐죠.
죽은 정아와 결혼을 했다는 착각에 빠질 만큼 '안나'는 정아를 쏙 빼 닮았으니까요.

연출노트

연기플랜

'안나' 에게는 미안하고 또 죄를 짓는 것 같았지만 마음속으로는 정아와 함께 살고 있다고 느끼고 있었습니다.
결혼 후 저희는 신혼살림과 더불어 현지에서 먹고살기 위해 '안나' 에게는 작은 식당을 마련해 줬고, 저는 페루 시내에 태권도 도장을 차려 애들을 모집해 체육관을 운영하게 됐습니다.
제 이름은 가명으로 '페드로' 라는 이름을 사용했습니다.
현지 여인 '안나' 와 결혼을 해서 저는 페루 시민권도 획득 했습니다.
정식 페루 시민으로 활동하게 된 것이죠.
귀국해야 된다는 마음만 먹고 있었지 그날 그날 생활하다 보니 세월만 자꾸 흘러갔습니다.
'안나' 는 아이를 못 낳았습니다.
자궁에 물혹이 생겨 완전히 자궁을 들어냈기 때문이었죠.
'안나' 는 자식이 없어 서운해 하는 저를 볼 때마다 안 됐는지 어디 가서 애 하나를 만들어 오라고 했지요.
자기가 키우겠다고 하면서….

'안나' 가 운영하는 식당도 잘 되었고, 제가 운영하는 태권도 체육관도 소문이 나면서 학생들이 많이 모여들었죠.

연출노트

연기플랜

나름대로 우리 부부가 운영하는 사업은 순탄하게 잘 되어 불우이웃들도 도와 주위 사람들에게도 호감을 샀습니다.
또 태권도 체육관에서 나오는 수입으로는 장학금을 마련해 장학생 선발대회도 열어 페루시의 유지가 되어 시장으로부터 표창장도 받고 부러울 것이 없이 살고 있었지요.
돈도 깨나 벌어 어머님께도 달러를 부쳐드렸습니다.
그러다 보니 10년이 20년이 되고, 20년이 30년이 되어 나이만 먹고 저도 조금씩 늙어갔죠.
저는 늘 고국이 그리웠습니다.

조명 어두워진다.
다시 조명 밝아지면 가수 등장.
가곡 '가고파' 를 부른다.
김동진 작곡 '가고파'

*내 고향 남쪽바다*
*그 파란 물 눈에 보이네*
*꿈엔들 잊으리오, 그 잔잔한 고향바다*
*지금도 그 물새들 날으리*
*가고파라 가고파*

연출노트

연기플랜

*어릴 제 같이 놀던 그 동무들 그리워라*
*어디 간들 잊으리요, 그 뛰놀던 고향동무*
*오늘은 다 무얼 하는 고 보고파라 보고파*
*그 물새 그 동무들 고향에 다 있는데*
*나는 왜 어이타가 떠나 살게 되었는고*
*온갖 것 다 뿌리치고*
*돌아갈까 돌아가*
*가서 한데 얼려 옛날같이 살고 지고*
*내 마음 색동옷 입혀웃고 웃고 지내고자*
*그날 그 눈물 없던 때를 찾아가자 찾아가.*

가수로부터 조명 어두워진다.
다시 조명 밝아진다.

우리 부부는 양 아들과 양 딸을 세 살 때 얻어 왔는데, 그 애들이 벌써 고등학교 3학년이 되어 아버지의 나라 한국엘 가서 친 할머님도 만나고 할아버님 무덤에도 꽃을 선물하고 싶다고 늘 저와 제 엄마에게 한국에 한 번 가보자며 졸라대기도 했죠.
아무튼 우리 가족은 페루에서 행복한 나날을 보내고 있었

연출노트

연기플랜

습니다.

그렇게 세월이 흘러 제 나이 어느 덧 70이 되었네요.

허허허….

저는 드디어 귀국하기로 마음을 먹었습니다.

애들도 대학을 졸업해서 아들은 스페인에 가 있고, 딸은 미국에서 결혼해서 살고 있어 우리 노친네들만 페루에 남아 살고 있기 때문에 죽기 전에 귀국해서 깨끗하게 자수해서 죄 값을 치르고 남은 여생 살아가기로 결심을 했습니다.

그런데 '동서화랑' 장 사장이 알아본 결과 손창익은 다행히 죽지 않고 살아 있다는 반가운 소식을 전해왔습니다.

저는 서둘러 아내와 의논 끝에 귀국길에 올랐죠.

귀국해서 제일 먼저 찾아온 곳이 이곳 명동입니다.

옛날 생각을 떠올리며 명동을 샅샅이 돌아봤지만 모든 것이 변해 있었습니다.

옛날에 있었던 '돌체' 다방도 없어졌고, '은성' 왕대포 집도 없어졌고, 통기타의 붐을 일으켰던 '쉘부르' 도 모두 사라져 버렸네요.

연출노트

연기플랜

화려한 명동거리는 수많은 중국 관광객이 명동거리를 점령하다시피 거닐고 있고, 쇼윈도에는 최신 유행의 패션 의상이 아니라 화장품 가게가 한집 건너 하나씩 늘어서 있고, 길가에는 포장마차가 즐비하게 늘어서 음식을 팔고 있더군요.
한국은 선진국 문턱에 와 있는 경제 대국이란 말을 페루에서도 들어 잘 알고 있었지만 이렇게 화려하리라곤 꿈에도 몰랐습니다.
아무튼 외화벌이는 가마니로 쓸어 담고 있다는 생각이 들더군요.

그런데 제가 이런 말 한다고 건방지다고는 생각지 마십시오.
다른 게 아니라 우리나라는 선진국 대열에 낄려면 아직도 멀었다는 생각이 듭니다.
왜냐하면 가까운 이웃나라 일본만 가더라도 길거리 포장마차들이 많이 있는데, 특히 음식을 파는 포장마차는 위생시설이 정말 깔끔하게 잘 되어있다는 것이죠.
일본을 여행해 보신 분들은 아마 다 느끼실 겁니다.
수돗물도 포장마차마다 설치되어 깨끗한 물이 나오고 있고 음식을 준비해서 놓아 전시해 놓은 큰 그릇도 먼지가 앉지

연출노트

연기플랜

못하도록 투명플라스틱 뚜껑으로 덮어놓아 지나는 행인이 음식을 선택해서 사먹을 수 있게 깔끔하게 정리해 놓았죠.
우리 명동 포장마차들은 어떻습니까? 미세먼지가 푹푹 음식물에 쌓이는 가운데서 음식을 팔고 있다니 사람이 음식을 사 먹는 것이 아니라 미세먼지를 사 먹고 있는 꼴이지요.
위생 당국에서는 조사할 생각조차 없는 것 같습니다.
제가 전화로 관할 구청 위생과에 물으니 하는 답변이 포장마차에 대한 위생법이 없어 단속할 수 없다는 것이었죠.
기가 막힌 답변 아닌가요?
이래가지고 우리나라가 어떻게 선진국 반열에 오른다는 것인지요? 알다가도 모를 일입니다. 돈만 많다고 선진국인가요?
제가 얼마 안 되는 짧은 상식이지만 자고로 선진국이란 그 나라의 문화수준과 국민들의 의식이 얼마나 선진화 되어있느냐가 좌우한다는 생각이 드는군요.
아무튼 일본이 우리와는 악연이지만 그래도 배울 것은 배워야 한다고 생각합니다.
일본의 국회의원, 장관들이 살고 있는 집도 20평이 채 될까 말까 하다고 들었습니다.
그런데 우리는 어떻습니까?

연출노트

연기플랜

60평도 넘는 호화 아파트나 호화 빌라, 또는 건평만 100평도 넘는 호화 주택에서 살고 있다는 소문을 들었습니다.
이래가지고 선진국 운운하니 기가 찰 노릇이군요.
수십 년 만에 고국을 찾아와서 외국 물 좀 먹었다고 건방진 얘기만 여러분 앞에 서서 지껄였네요.
아무튼 저는 이 길로 청량리 경찰서로 가서 일단 자수하렵니다.
손목시계를 들여다 보고 장 사장님께서 안 들어오시나 봅니다.

배선원 의자에서 일어서는데
동서화랑 문을 열고 들어서는 남자.
화랑 주인 장 사장이다.
둘은 처음에 머뭇거리며 세월이 너무 흘러 잘 알아보지 못하다가 배선원이 무대 아래로 한 발짝 내려서면서

배선원 : 혹시 장 사장님…?
장사장 : 혹시 배선원…?
배선원 : 네, 제가 배선원입니다, 뱃놈!
장사장 : 자세히 보니 선원이가 틀림없군! 이게 도대체 얼마만

연출노트

연기플랜

인가? 이 무심한 사람아!

두 사람 포옹한다.

배선원 : 세월이 이렇게 흘렀군요. 저도 이렇게 늙어버렸습니다.
장사장 : 그래, 마도르스 배!
배선원 : 평생을 도망자 신세가 되어 살아가라는 팔자를 타고 났나 봅니다. 그 동안 고국이 그리웠습니다. 한없이 그립고, 또 그리웠습니다. 그리고 장 사장님도 늘 보고 싶었고요.
장사장 : 그랬겠지. 고국이 얼마나 그리웠겠나! 아무튼 잘 왔네. 잘 돌아 왔어.

둘은 다시 포옹한다.

조명 음악과 함께 서서히 어두워진다.

막

명동 (부제 : 뱃놈)

초판인쇄 2018년 10월 1일
초판발행 2018년 10월 10일

지은이 / 최 청
펴낸이 / 연규석
펴낸곳 / 도서출판 고글

서울시 용산구 한강로2가 144-2
등록 / 1990년 11월 7일(제302-000049호)
전화 / (02)794-4490, (031)873-7077

값 15,000원